La vie et la mort du r

William Shakespeare

(Translator: François Guizot)

Alpha Editions

This edition published in 2023

ISBN : 9789357931311

Design and Setting By
Alpha Editions
www.alphaedis.com
Email - info@alphaedis.com

Contents

NOTICE SUR
LA VIE ET LA MORT DU ROI RICHARD II

A mesure que Shakspeare avance vers les temps modernes de l'histoire de son pays, les chroniques sur lesquelles il s'appuie concourent plus exactement avec l'histoire véritable; et déjà, dans *la Vie et la Mort de Richard II*, les détails que lui fournit Hollinshed s'écartent peu des données historiques parvenues jusqu'à nous avec une certaine authenticité. A l'exception du personnage de la reine, pure invention du poëte, et abstraction faite du désordre que met dans la chronologie la négligence de Shakspeare à conserver aux événements leurs distances respectives, les faits contenus dans cette tragédie ne diffèrent en rien des récits historiques, si ce n'est sur le genre de mort qu'on fit subir à Richard. Hollinshed, qui a copié d'autres chroniqueurs, à donné à Shakspeare la relation qu'il a suivie; mais l'opinion la plus vraisemblable, et qui s'accorde le mieux avec le soin qu'on eut d'exposer publiquement Richard après sa mort, c'est qu'on le fit mourir de faim. Cette attention à sauver du moins les apparences matérielles du crime dont on s'inquiétait peu d'éviter le soupçon, commençait à s'introduire dans la féroce politique du temps; et Richard lui-même avait fait étouffer entre des matelas le duc de Glocester qu'il tenait prisonnier à Calais, publiant ensuite qu'il était mort d'une attaque d'apoplexie. Outre le penchant de Shakspeare à suivre fidèlement le guide historique qu'il avait une fois adopté, cette version lui permettait de conserver au caractère de Bolingbroke l'intérêt qu'il a répandu sur lui dans les les deux parties de *Henri IV*. Le choix entre différentes versions est d'ailleurs le droit le moins contesté et le moins contestable des auteurs dramatiques.

La tragédie de *Richard II* est donc, généralement parlant, assez conforme à l'histoire; et la manière dont le poëte a représenté la déposition de Richard et l'avénement au trône de Henri de Lancastre paraît singulièrement d'accord avec ce que dit Hume au sujet de cet avénement: «Il (Henri IV) devint roi, sans que personne pût dire comment ni pourquoi.» Mais il faut être, comme l'était Hume, tout à fait étranger au spectacle des révolutions, pour être embarrassé à dire comment et pourquoi le duc de Lancastre, après avoir agi quelque temps au nom du roi qu'il tenait prisonnier, se mit sans aucune peine à sa place. Shakspeare n'a pas cru nécessaire de l'expliquer: Richard est parti de Flintcastle avec le nom de roi à la suite de Bolingbroke; nous le revoyons signant sa propre déposition. Le poëte ne nous indique en aucune manière ce qui s'est passé; mais pour ne pas deviner comment s'est accomplie la chute de Richard, il faudrait que nous eussions bien mal compris ce qui nous a été présenté du spectacle de ses premières disgrâces: la conversation du jardinier avec ses garçons en complète le tableau en nous révélant leur effet sur l'opinion. C'est un trait de l'art de Shakspeare pour nous faire assister à toutes les parties de l'événement; il nous transporte toujours là où il frappe ses coups les plus décisifs, tandis que loin de nos yeux l'action poursuit son cours, et se contente de nous retrouver toujours au but.

Bien que cette tragédie ait été intitulée *la Vie et la Mort de Richard II*, elle ne comprend que les deux dernières années de ce prince, et ne contient qu'un seul événement, celui de sa chute, catastrophe à laquelle tout marche dès le début de la pièce. Cet événement a été considéré sous différentes faces, et une anecdote assez singulière nous a révélé l'existence d'une autre tragédie sur le même sujet, antérieure, à ce qu'il paraît, à celle de Shakspeare, et traitée dans un esprit tout différent. Quelques-uns des partisans du comte d'Essex, le jour qui précéda son extravagante tentative, voulurent faire jouer une tragédie où, comme dans celle de Shakspeare, on voyait Richard II déposé et tué sur le théâtre. Les acteurs leur ayant représenté que la pièce était tout à fait hors de mode et ne leur attirerait pas assez de monde pour couvrir leurs frais, sir Gilly Merrick, l'un d'entre eux, leur donna quarante shillings en sus de la recette. Ce fait est rapporté au procès de sir Gilly, et servit à sa condamnation.

L'entreprise du comte d'Essex eut lieu en 1601, et la pièce de Shakspeare avait paru, à ce qu'on croit, dès l'an 1597. Malgré cette antériorité, personne ne sera tenté de soupçonner qu'une pièce de Shakspeare ait pu figurer dans une entreprise factieuse contre Élisabeth. D'ailleurs la pièce en question paraît avoir été connue sous le titre de *Henri IV*, non sous celui de *Richard II*; et l'on est même fondé à croire que l'histoire de Henri IV en était le véritable sujet, et la mort de Richard seulement un incident. Mais, pour lever toute espèce de doute, il suffit de lire la tragédie de Shakspeare; la doctrine du droit divin y est sans cesse présentée accompagnée de cet intérêt que font naître le malheur et le spectacle de la grandeur déchue. Si le poëte n'a pas donné à l'usurpateur cette physionomie odieuse qui produit la haine et les passions dramatiques, il suffit de lire l'histoire pour en comprendre la cause.

Ce n'est pas un fait particulier à Richard II et à sa destinée, dans l'histoire de ces temps désastreux, que ce vague de l'aspect moral sous lequel se présentent les hommes et les choses, et qui ne permet aux sentiments de s'attacher à rien avec énergie, parce qu'ils ne peuvent se reposer sur rien avec satisfaction. Des partis toujours aux prises pour s'arracher le pouvoir, tour à tour vaincus et méritant leur défaite, sans que jamais un seul ait mérité la victoire, n'offrent pas un spectacle très-dramatique, ni très-propre à porter nos sentiments et nos facultés à ce degré d'exaltation qui est un des plus nobles buts de l'art. La pitié y manque souvent à l'indignation, et l'estime presque toujours à la pitié. On n'est pas embarrassé à trouver les crimes du plus fort, mais on cherche avec anxiété les vertus du plus faible: et le même effet se reproduit dans le sens contraire: des folies, des déprédations, des injustices, des violences ont amené la chute de Richard, l'ont rendue inévitable, et elles nous détachent de lui sous ce double rapport que nous le voyons se perdre lui-même et impossible à sauver. Cependant il serait aisé de trouver au moins autant de crimes dans le parti qui triomphe de son abaissement. Shakspeare pourrait, à peu de frais, amasser contre les rebelles des trésors d'indignation qui soulèveraient tous les coeurs en faveur du souverain légitime: mais un des principaux caractères du génie de Shakspeare, c'est une vérité, on peut dire une fidélité d'observation qui reproduit la nature comme elle est, et le temps comme il se présente: celui-là ne lui offrait ni héros supérieurs à leur fortune, ni victimes innocentes, ni dévouements héroïques, ni passions imposantes; il n'y trouvait que la force même des caractères employée au service des intérêts qui les rabaissent, la perfidie considérée comme moyen de conduite, la trahison presque justifiée par le principe dominant de l'intérêt personnel, la désertion presque légitimée par la considération du péril que l'on courrait à demeurer fidèle; c'est aussi là tout ce qu'il a peint. C'est, à la vérité, le duc d'York, personnage dont l'histoire nous fait connaître l'incapacité et la nullité, qu'il a choisi pour représenter ce dévouement toujours si ardent pour l'homme qui gouverne, cette facilité à transmettre son culte du pouvoir de droit au pouvoir de fait, et *vice versa*, se réservant, seulement pour son honneur, des larmes solitaires en faveur de celui qu'il abandonne. Pour quiconque n'a pas vu la fortune se jouant avec les empires, ce personnage ne serait que comique; mais pour qui a assisté à de pareils jeux, n'est-il pas d'une effrayante Vérité?

Dans un pareil entourage, où Shakspeare pouvait-il puiser ce pathétique qu'il aurait aimé à répandre sur le spectacle de la grandeur déchue? Lui qui a donné au vieux Lear, dans sa misère, tant de nobles et fidèles amis, il n'en a pu trouver un seul à Richard; le roi est tombé dépouillé, nu, entre les mains du poëte comme de son trône, et c'est en lui seul que le poëte a été obligé de chercher toutes les ressources: aussi le rôle de Richard II est-il une des plus profondes conceptions de Shakspeare.

Les commentateurs sont en grande discussion pour savoir si c'est à la cour de Jacques ou à celle d'Élisabeth que Shakspeare a pris les maximes qu'il professe assez communément en faveur du droit divin et du pouvoir absolu. Shakspeare les a prises ordinairement dans ses personnages mêmes; et il lui suffisait ici d'avoir à peindre un roi élevé sur le trône. Richard n'a jamais imaginé qu'il fût ou pût être autre chose qu'un roi; sa royauté fait à ses yeux partie de sa nature; c'est un des éléments constitutifs de son être qu'il a apporté avec lui en naissant, sans autre condition que de vivre: comme il n'a rien à faire pour le conserver, il n'est pas plus en son pouvoir de cesser d'en être digne que de cesser d'en être revêtu: de là son ignorance de ses devoirs envers ses sujets, envers sa propre sûreté, son indolente confiance au milieu du danger. Si cette confiance l'abandonne un instant à chaque nouveau revers, elle revient aussitôt, doublant de force à mesure qu'il lui en faut davantage pour suppléer aux appuis qui s'écroulent successivement. Arrivé enfin au point où il ne lui est plus possible d'espérer, le roi s'étonne, se regarde, se demande si c'est bien lui. Une autre espèce de courage s'élève alors en lui; c'est celui que donne un malheur tel que l'homme qui le subit s'exalte par la surprise où le plonge sa propre situation; elle devient pour lui l'objet d'une si vive attention qu'il ose la considérer sous tous ses rapports, ne fût-ce que pour la comprendre; et par cette contemplation il échappe au désespoir, et s'élève quelquefois à la vérité, dont la découverte calme toujours à un certain point: mais ce calme est stérile, et ce courage inactif; il soutient l'esprit, mais il tue l'action: aussi toutes les actions de Richard sont-elles de la dernière faiblesse; ses réflexions mêmes sur son état actuel décèlent un sentiment de sa nullité qui descend, en de certains moments, presque à la bassesse: et qui pourrait le relever, lui qui, en cessant d'être roi, a perdu, dans sa propre opinion, la qualité distinctive de son être, la dignité de sa nature? Il se croyait précieux devant Dieu, soutenu par son bras, armé de sa puissance; déchu de ce rang mystérieux où il s'était placé, il ne s'en connaît plus aucun sur la terre; dépouillé de la force qu'il croyait son droit, il ne suppose pas qu'il lui en puisse rester aucune: aussi ne résiste-t-il à rien; ce serait essayer ce qu'il suppose impossible: pour réveiller son énergie, il faut qu'un danger pressant, soudain, provoque, pour ainsi dire, à son insu, des facultés qu'il désavoue: attaqué dans sa vie, il se défend et meurt avec courage. Pour en avoir eu toujours, il lui a manqué de savoir ce que vaut un homme.

Il ne faut point chercher dans *Richard II*, non plus que dans la plupart des pièces historiques de Shakspeare, un caractère de style particulier: la diction en est peu travaillée; assez souvent énergique, elle est souvent aussi d'un vague qui laisse la raison absolument maîtresse de décider sur le sens des expressions, que ne détermine aucune règle de syntaxe.

Cette pièce est toute en vers, et en grande partie rimée. L'auteur paraît y avoir fait des changements depuis la première édition, publiée en 1597. La scène du procès de Richard, en particulier, manque tout entière dans cette édition, et se trouve pour la première fois dans celle de 1608.

TRAGÉDIE

PERSONNAGES

LE ROI RICHARD II.

EDMOND DE LANGLEY, }

   duc d'York,   }   oncles du

JEAN DE GAUNT, duc de   }   roi.

   Lancastre.   }

HENRI, surnommé BOLINGBROKE,

   duc d'Hereford, fils de Jean de Gaunt,

   ensuite roi d'Angleterre sous le nom

   de Henri IV.

LE DUC D'AUMERLE, fils du duc

   d'York.

MOWBRAY, duc de Norfolk.

LE DUC DE SURREY.

LE COMTE DE SALISBURY.

LE COMTE DE BERKLEY [1].

BUSHY, }

BAGOT, }   créatures du roi Richard.

GREEN, }

LE COMTE DE NORTHUMBERLAND.

HENRI PERCY, fils de Northumberland.

LORD ROSS.

LORD WILLOUGHBY.

LORD FITZWATER.

L'ÉVÊQUE DE CARLISLE.

L'ABBÉ DE WESTMINSTER.

LE LORD MARÉCHAL.

SIR PIERCE D'EXTON.

SIR ÉTIENNE SCROOP.

LE CAPITAINE d'une bande de Gallois.

LA REINE, femme de Richard.

LA DUCHESSE DE GLOCESTER.

LA DUCHESSE D'YORK.

Dames de la suite de la reine. Lords, hérauts, officiers, soldats, deux jardiniers, un gardien, un messager, un valet d'écurie, et autres personnes de suite.

Note 1: (retour) On remarque que ce titre de comte de Berkley, donné à lord Berkley, est un anachronisme, et que les lords Berkley ne furent faits comtes que dans un temps très-postérieur à celui de Richard.

La scène se passe successivement dans plusieurs parties de l'Angleterre et du pays de Galles.

ACTE PREMIER

SCÈNE I.

Londres.--Un appartement dans le palais.

Entrent LE ROI RICHARD *avec sa suite,* JEAN DE GAUNT *et d'autres nobles avec lui.*

RICHARD.--Vieux Jean de Gaunt, vénérable Lancastre, as-tu, comme tu t'y étais engagé par serment, amené ici ton fils, l'intrépide Henri d'Hereford, pour soutenir devant nous l'injurieux défi qu'il adressa dernièrement au duc de Norfolk, Thomas Mowbray, et dont nous n'eûmes pas alors le loisir de nous occuper?

GAUNT.--Oui, mon souverain, je l'ai amené.

RICHARD.--Réponds-moi encore: l'as-tu sondé? sais-tu s'il l'a défié, poussé par une vieille haine, ou s'il a cédé à la vertueuse colère d'un bon sujet, fondée sur quelque trahison dont il sache Mowbray coupable?

GAUNT.--Autant que j'ai pu le pénétrer sur cette question, c'est sur la connaissance de quelque danger dont Mowbray menace Votre Altesse, et non par aucune haine invétérée.

RICHARD.--Fais-les comparaître tous deux en notre présence; nous voulons entendre nous-même l'accusateur et l'accusé parler librement face à face, et se menaçant l'un l'autre du regard. (*Sortent quelques-uns des gens de la suite du roi.*) Ils sont tous deux hautains, pleins de colère, et, dans leur fureur, sourds comme la mer, impétueux comme la flamme.

(Rentrent les serviteurs avec Bolingbroke et Norfolk.)

BOLINGBROKE.--Que de longues années d'heureux jours échouent en partage à mon gracieux souverain, à mon bien-aimé seigneur!

NORFOLK.--Puisse chaque jour ajouter au bonheur de la veille, jusqu'à ce que le ciel, envieux des félicités de la terre, ajoute à votre couronne un titre immortel!

RICHARD.--Nous vous remercions tous deux: cependant il y en a un de vous qui n'est qu'un flatteur, à en juger par le sujet qui vous amène, c'est-à-dire l'accusation de haute trahison que vous portez l'un contre l'autre.--Cousin Hereford, que reproches-tu au duc de Norfolk, Thomas Mowbray?

BOLINGBROKE.--D'abord (et que le ciel prenne acte de mes paroles!) c'est excité par le zèle d'un sujet dévoué, et en vue de la précieuse sûreté de mon prince, que, libre d'ailleurs de toute autre haine illégitime, je viens ici le défier en votre royale présence.--Maintenant, Thomas Mowbray, je me tourne vers toi, et remarque le salut que je t'adresse; car ce que je vais dire, mon corps le soutiendra sur cette terre, où mon âme, divine, en répondra dans le ciel. Tu es un traître et un mécréant, de trop bon lieu pour ce que tu es, et trop méchant pour mériter de vivre, car plus le ciel est pur et transparent, plus affreux paraissent les nuages qui le parcourent; et pour te noter plus sévèrement encore, je t'enfonce dans la gorge une seconde fois le nom de détestable traître, désirant, sous le bon plaisir de mon souverain, ne point sortir d'ici que mon épée, tirée à bon droit, n'ait prouvé ce que ma bouche affirme.

NORFOLK.--Que la modération de mes paroles ne fasse pas ici suspecter mon courage. Ce n'est point par les procédés d'une guerre de femmes, ni par les aigres clameurs de deux langues animées que peut se décider cette querelle entre nous deux. Il est bien chaud le sang que ceci va refroidir. Cependant je ne peux pas me vanter d'une patience assez docile pour me réduire au silence et ne rien dire du tout: et d'abord je dirai que c'est le respect de Votre Grandeur qui me tient court, m'empêchant de lâcher bride et de donner de l'éperon à mes libres paroles; autrement elles s'élanceraient jusqu'à ce qu'elles eussent fait rentrer dans sa gorge ces accusations redoublées de trahison. Si je puis mettre ici de côté la royauté de son sang illustre, et ne le tenir plus pour parent de mon souverain, je le défie, et lui crache au visage comme à un lâche calomniateur et un vilain, ce que je soutiendrais en lui accordant tous les avantages, et je le rencontrerais quand je serais obligé d'aller à pied jusqu'aux sommets glacés des Alpes, ou dans tout autre pays inhabitable où jamais Anglais n'a encore osé mettre le pied. En tout cas, je maintiens ma loyauté, et déclare, par tout ce que j'espère; qu'il en a menti faussement.

BOLINGBROKE.--Pâle et tremblant poltron, je jette mon gage, refusant de me prévaloir de ma parenté avec le roi, et je mets à l'écart la noblesse de ce sang royal que tu allègues par peur et non par respect. Si un effroi coupable t'a laissé encore assez de force pour relever le gage de mon honneur, alors baisse-toi. Par ce gage et par toutes les lois de la chevalerie, je soutiendrai corps à corps ce que j'ai avancé, ou tout ce que tu pourrais imaginer de pis encore.

NORFOLK.--Je le relève, et je jure par cette épée, qui apposa doucement sur mon épaule mon titre de chevalier, que je te ferai honorablement raison de toutes les manières qui appartiennent aux épreuves chevaleresques; et une fois monté à cheval, que je n'en descende pas vivant si je suis un traître ou si je combats pour une cause injuste!

RICHARD.--Quelle est l'accusation dont notre cousin charge Mowbray? Il faut qu'elle soit grave pour parvenir à nous inspirer même la pensée qu'il ait pu mal faire.

BOLINGBROKE.--Écoutez-moi, j'engage ma vie à prouver la vérité de ce que je dis: Mowbray a reçu huit mille nobles [2] à titre de prêts pour les soldats de Votre Altesse, et il les a retenus pour des usages de débauche, comme un faux traître et un insigne vilain. De plus, je dis et je le prouverai dans le combat, ou ici ou en quelque lieu que ce soit, jusqu'aux extrémités les plus reculées qu'ait jamais contemplées l'oeil d'un Anglais, que toutes les trahisons qui depuis dix-huit ans ont été complotées et machinées dans ce pays ont eu pour premier chef et pour principal auteur le perfide Mowbray. Je dis encore, et je soutiendrai tout cela contre sa détestable vie, qu'il a comploté la mort du duc de Glocester; qu'il en a suggéré l'idée à ses ennemis faciles à persuader, et par conséquent que c'est lui qui, comme un lâche traître, a fait écouler son âme innocente dans des ruisseaux de sang; et ce sang, comme celui d'Abel tiré à son sacrifice, crie vers moi du fond des cavernes muettes de la terre; il me demande justice et un châtiment rigoureux: et, j'en jure par la noblesse de ma glorieuse naissance, ce bras fera justice, ou j'y perdrai la vie.

Note 2: (retour) Monnaie d'or.

RICHARD.--A quelle hauteur s'est élevé l'essor de son courage!--Thomas de Norfolk, que réponds-tu à cela?

NORFOLK.--Oh! que mon souverain veuille détourner son visage, et commander à ses oreilles d'être sourdes un instant, jusqu'à ce que j'aie appris à celui qui déshonore son sang à quel point Dieu et les gens de bien détestent un si exécrable menteur.

RICHARD.--Mowbray, nos yeux et nos oreilles sont impartiales: fût-il mon frère, ou même l'héritier de mon royaume, comme il n'est que le fils du frère de mon père, je le jure par le respect dû à mon sceptre, cette parenté qui l'allie de si près à notre sang sacré ne lui donnerait aucun privilége et ne rendrait point partiale l'inflexible fermeté de mon caractère intègre. Il est mon sujet, Mowbray, toi aussi; je te permets de parler librement et sans crainte.

NORFOLK.--Eh bien! Bolingbroke, à partir de la basse région de ton coeur, et à travers le traître canal de ta gorge, tu en as menti. De cette recette que j'avais pour Calais, j'en ai fidèlement remis les trois quarts aux soldats de son Altesse: j'ai gardé l'autre de l'aveu de mon souverain, qui me devait cette somme pour le reste d'un compte considérable dû depuis le dernier voyage que je fis en France pour aller y chercher la reine. Avale donc ce démenti.-- Quant à la mort de Glocester... je ne l'ai point assassiné: seulement j'avoue à ma honte qu'en cette occasion j'ai négligé le devoir que j'avais juré de remplir.--Pour vous, noble lord de Lancastre, respectable père de mon ennemi, j'ai dressé une fois des embûches contre vos jours, crime qui tourmente mon âme affligée; mais avant de recevoir pour la dernière fois le sacrement, je l'ai confessé, et j'ai eu soin d'en demander pardon à Votre Grâce, qui, j'espère, me l'a accordé. Voilà ce que j'ai à me reprocher. Pour tous les autres griefs qu'il m'impute, ces accusations partent de la haine d'un vilain, d'un traître lâche et dégénéré, sur quoi je me défendrai hardiment en propre corps: je jette donc à ce traître outrecuidant mon gage en échange du sien; je lui prouverai ma loyauté de gentilhomme aux dépens du meilleur sang qu'il renferme dans son sein; et pour ce faire promptement, je conjure sincèrement Votre Altesse de nous assigner le jour de l'épreuve.

RICHARD.--Gentilshommes enflammés de colère, laissez-moi vous diriger: purgeons cette bile sans tirer de sang. Sans être médecin, voici ce que je prescris: un ressentiment profond fait de trop profondes incisions; ainsi donc, oubliez, pardonnez, terminez ensemble et réconciliez-vous; nos docteurs disent que ce n'est pas la saison de saigner.--Mon bon oncle, que cette querelle finisse où elle a commencé: nous apaiserons le duc de Norfolk; vous, calmez votre fils.

GAUNT.--Il convient assez à mon âge d'être un médiateur de paix.--Jette à terre, mon fils, le gage du duc de Norfolk.

RICHARD.--Et toi, Norfolk, jette à terre le sien.

GAUNT.--Eh bien, Henri, quoi? L'obéissance commande; je ne devrais pas avoir à te commander deux fois.

RICHARD.--Allons, Norfolk, jette-le, nous l'ordonnons: cela ne sert de rien.

NORFOLK.--C'est moi, redouté souverain, qui me jette à tes pieds: tu pourras disposer de ma vie, mais non pas de ma honte; la première appartient à mon devoir; mais je ne te livrerais pas, pour en faire un usage déshonorant, ma bonne renommée, qui en dépit de la mort vivra sur mon tombeau. Je suis ici insulté, accusé, conspué, percé jusqu'au coeur du trait empoisonné de la calomnie, sans pouvoir être guéri par aucun autre baume que par le sang du coeur d'où s'est exhalé le venin.

RICHARD.--Il faudra bien que cette rage se contienne. Donne-moi son gage: les lions apprivoisent les léopards.

NORFOLK.--Oui, mais ils ne peuvent changer leurs taches. Effacez mon déshonneur, et je cède mon gage. Mon cher maître, le trésor plus pur que puisse donner cette vie mortelle, c'est une réputation sans tache: dépouillés de ce bien, les hommes ne sont plus qu'une terre dorée, une argile peinte. Le diamant précieux enfermé sous les dix verrous d'un coffre-fort, c'est un esprit hardi dans un coeur loyal. Mon honneur est ma vie, tous deux existent conjointement: si tu m'ôtes l'honneur, je n'ai plus de vie. Ainsi mon cher souverain, laisse-moi défendre mon honneur; c'est par lui que je vis, et je mourrai pour lui.

RICHARD.--Cousin, jetez votre gage: commencez-le premier.

BOLINGBROKE.--Que Dieu préserve mon âme d'un si horrible péché! Ne montrerai-je le front humilié à la vue de mon père, et démentirai-je ma fierté par la crainte d'un pâle mendiant, devant ce lâche que j'ai bravé? Avant que ma langue outrage mon honneur par une indigne faiblesse, et se prête à une si honteuse composition, mes dents déchireront le servile instrument de la crainte renégate, et le cracheront sanglant pour compléter sa honte, là où siége la honte, à la face de Mowbray.

RICHARD.--Nous ne sommes pas nés pour solliciter, mais pour condamner. Puisque nous ne pouvons vous rendre amis, soyez prêts, le jour de Saint-Lambert, à répondre sur vos vies: c'est là que vos épées et vos lances décideront les débats toujours grossissant de votre haine obstinée. Puisque nous ne pouvons vous adoucir, nous, verrons la justice manifester par la victoire de quel côté se trouve l'honneur.--Maréchal, ordonnez à nos officiers d'armes de se tenir prêts pour diriger ce combat domestique.

(Ils sortent.)

SCÈNE II

La scène est toujours à Londres, dans le palais du duc de Lancastre.

Entrent GAUNT, LA DUCHESSE DE GLOCESTER.

GAUNT.--Hélas! cette part que j'avais dans le sang de Glocester me sollicite plus fortement que vos cris à poursuivre les bouchers de sa vie. Mais puisque le châtiment réside dans les mains qui ont fait le crime que nous ne pouvons punir, remettons notre cause à la volonté du ciel, qui, lorsqu'il en verra les temps mûrs sur la terre, fera pleuvoir sa brûlante vengeance sur la tête des coupables.

LA DUCHESSE DE GLOCESTER.--Quoi! la qualité de frère ne trouvera pas en toi un aiguillon plus pénétrant? ton vieux sang n'a pas conservé vivante une étincelle d'affection? Les sept fils d'Edouard, au nombre desquels tu te comptes, étaient comme sept vases de son sang sacré, comme sept belles branches sorties d'une seule racine: quelques-uns de ces vases ont été desséchés par le cours de la nature; quelques-unes de ces branches ont été tranchées par la destinée: mais Thomas, mon cher époux, ma vie, mon Glocester, ce vase rempli du sang d'Edouard, a été brisé sous la main de la haine et de la sanglante hache du meurtre, sa précieuse liqueur s'est épanchée: cette branche florissante de la très-royale souche a été coupée, et les feuilles de son été se sont flétries. Ah! Gaunt, son sang était le tien: c'est de la couche, c'est du flanc, de la matière, de la substance même qui t'ont formé qu'il avait tiré son existence; et quoique vivant et respirant, tu as été assassiné en lui. C'est à beaucoup d'égards consentir à la mort de ton père que de voir ainsi mourir ton malheureux frère, qui était la représentation de la vie de ton père. N'appelle point cela patience, Gaunt, c'est du désespoir. En souffrant ainsi qu'on égorge ton frère, tu montres à découvert le chemin qui conduit à ta vie, tu instruis le meurtrier farouche à t'assassiner. Ce que dans les hommes du bas étage nous appelons patience est dans un noble sein une froide et tranquille lâcheté. Que te dirai-je enfin? Pour mettre ta vie en sûreté, le meilleur moyen c'est de venger la mort de mon Glocester.

GAUNT.--Cette cause est celle du ciel, car le délégué du ciel, son lieutenant oint devant sa face, est l'auteur de la mort de Glocester: lorsqu'il commet le crime, la vengeance en est au ciel; pour moi, je ne puis lever un bras irrité contre son ministre.

LA DUCHESSE DE GLOCESTER.--A qui donc, hélas! puis-je porter ma plainte?

GAUNT.--Au ciel, qui est le champion et le défenseur de la veuve.

LA DUCHESSE DE GLOCESTER.--Eh bien! je me plaindrai à lui. Adieu, vieux Gaunt. Tu vas à Coventry pour voir le combat de notre cousin d'Hereford et du perfide Mowbray. Oh! fais peser sur la lance d'Hereford les injures de mon mari, afin qu'elle entre dans le coeur de l'assassin Mowbray; ou si, par un malheur, elle manquait la première passe, que les crimes de Mowbray surchargent tellement son sein que les reins de son coursier écumant en soient rompus et que le cavalier tombe la tête la première dans l'arène, lâche, tremblant, à la merci de mon cousin d'Hereford! Adieu, vieux Gaunt: celle qui fut un jour la femme de ton frère finira sa vie avec sa compagne, la douleur.

GAUNT.--Adieu, ma soeur; il faut que je me rende à Coventry. Que tout le bien que je te souhaite m'accompagne!

LA DUCHESSE DE GLOCESTER.--Un mot encore. La douleur, en tombant, rebondit non par le vide, mais par le poids. Je prends congé de toi avant que je t'aie encore rien dit, car le chagrin ne finit pas là où il semble fini: rappelle-moi au souvenir de mon frère York.... Oui, voilà tout.... Mais non, ne pars pas encore ainsi; quoique ce soit tout, ne t'en va pas si vite.... Je puis me rappeler autre chose. Prie-le.... oh! de quoi?... de se hâter de venir me voir à Plashy. Hélas! que viendra-t-il y voir, ce bon vieux York, que des appartements déserts, des murailles dépouillées, des cuisines dépeuplées, un pavé qu'on ne foule plus. Et pour sa bienvenue, quelle autre réception trouvera-t-il que mes gémissements? Rappelle-moi donc seulement à son souvenir; qu'il ne vienne pas chercher en ce lieu la tristesse qui habite partout: désolée, désolée je m'en irai d'ici et je mourrai. Mes yeux, en pleurs te disent le dernier adieu.

(Ils sortent.)

SCÈNE III

Gosford-Green, près de Coventry.--Lice préparée avec un trône; hérauts, etc., suite.

Entrent LE LORD MARÉCHAL ET D'AUMERLE.

LE MARÉCHAL.--Milord Aumerle, Henri d'Hereford est-il armé?

AUMERLE.--Oui, armé de toutes pièces, et il brûle d'entrer dans la lice.

LE MARÉCHAL.--Le duc de Norfolk, plein d'ardeur et d'audace, n'attend que le signal de la trompette de l'appelant.

AUMERLE.--En ce cas, les champions sont tout prêts, et n'attendent que l'arrivée de Sa Majesté.

(Les trompettes sonnent une fanfare.--Entrent Richard qui va s'asseoir sur le trône, Gaunt et plusieurs autres nobles qui prennent leurs places.--Une trompette sonne, et une autre lui répond de l'intérieur.--Entre alors Norfolk, couvert de son armure, et précédé par un héraut.)

RICHARD.--Maréchal, demandez à ce champion le sujet qui l'amène ici en armes: demandez-lui son nom; ensuite, procédez avec ordre à lui faire prêter serment de la justice de sa cause.

LE MARÉCHAL.--Au nom de Dieu et du roi, dis qui tu es, et pourquoi tu viens ainsi armé en chevalier. Contre qui viens-tu combattre, et quelle est ta querelle? Réponds la vérité, sur ta foi de chevalier et sur ton serment; et après, que le ciel et ta valeur te défendent!

NORFOLK.--Mon nom est Thomas Mowbray, duc de Norfolk. Je viens ici engagé par un serment que le ciel préserve un chevalier de violer jamais! j'y viens pour défendre ma loyauté et mon honneur devant Dieu, mon roi et ma postérité, contre le duc d'Hereford, qui est l'appelant; et, par la grâce de Dieu et le secours de ce bras, je viens lui prouver pour ma défense qu'il est traître à mon Dieu, à mon roi et à moi. Que le ciel me défende, comme je combats pour la vérité.

(Les trompettes sonnent.--Entre Bolingbroke, couvert de son armure, et précédé d'un héraut.)

RICHARD.--Maréchal, demandez à ce chevalier armé qui il est et pourquoi il vient ici vêtu de ses habits de guerre, et, conformément à nos lois, faites-lui déposer dans les formes de la justice de sa cause.

LE MARÉCHAL.--Quel est ton nom, et pourquoi parais-tu ici devant le roi Richard dans sa lice royale? Contre qui viens-tu, et quelle est ta querelle? Réponds comme un loyal chevalier, et que le ciel te défende.

BOLINGBROKE.--Je suis Henri d'Hereford, de Lancastre et de Derby, qui me tiens ici en armes prêt à prouver, par la grâce de Dieu et les prouesses de mon corps, à Thomas Mowbray, duc de Norfolk, qu'il est un abominable et dangereux traître envers le Dieu des cieux, le roi Richard et moi. Que le ciel me défende, comme je combats pour la vérité.

LE MARÉCHAL.--Sous peine de mort, que personne n'ait la hardiesse et l'audace de toucher les barrières de la lice, excepté le maréchal et les officiers chargés de présider à ces loyaux faits d'armes.

BOLINGBROKE.--Lord maréchal, permettez que je baise la main de mon souverain et que je fléchisse le genou devant Sa Majesté; car Mowbray et moi nous ressemblons à deux hommes qui font voeu d'accomplir un long et fatigant pèlerinage. Prenons donc solennellement congé de nos divers amis, et faisons-leur de tendres adieux.

LE MARÉCHAL.--L'appelant salue respectueusement Votre Majesté, et demande à vous baiser la main et à prendre congé de vous.

RICHARD.--Nous descendrons et nous le serrerons dans nos bras.--Cousin d'Hereford, que ta fortune réponde à la justice de ta cause, dans ce combat royal! Adieu, mon sang: si tu le répands aujourd'hui, nous pouvons pleurer ta mort, mais non te venger.

BOLINGBROKE.--Oh! que de nobles yeux ne profanent point une larme pour moi, si mon sang est versé par la lance de Mowbray. Avec la confiance d'un faucon qui fond sur un oiseau, je vais combattre Mowbray. (*Au lord maréchal.*) Mon cher seigneur, je prends congé de vous; et de vous, lord Aumerle, mon noble cousin; bien que j'aie affaire avec la mort, je ne suis pas malade, mais vigoureux, jeune, respirant gaiement; maintenant, comme aux festins de l'Angleterre, je reviens au mets le plus délicat pour le dernier, afin de rendre la fin meilleure. (*A Gaunt.*)--O toi, auteur terrestre de mon sang, dont la jeune ardeur renaissant en moi me soulève avec une double vigueur pour atteindre jusqu'à la victoire placée au-dessus de ma tête, ajoute par tes prières à la force de mon armure; arme de tes bénédictions la pointe de ma lance, afin qu'elle pénètre la cuirasse de Mowbray comme la cire, et que le nom de Jean de Gaunt soit fourbi à neuf par la conduite vigoureuse de son fils.

GAUNT.--Que le ciel te fasse prospérer dans ta bonne cause! Sois prompt comme l'éclair dans l'attaque, et que tes coups, doublement redoublés, tombent comme un tonnerre étourdissant sur le casque du funeste ennemi qui te combat; que ton jeune sang s'anime; sois vaillant et vis!

BOLINGBROKE.--Que mon innocence et saint Georges me donnent la victoire!

(Il se rassied à sa place.)

NORFOLK.--Quelque chance qu'amènent pour moi le ciel ou la fortune, ici vivra ou mourra, fidèle au trône du roi Richard, un juste, loyal et intègre gentilhomme. Jamais captif n'a secoué d'un coeur plus libre les chaînes de son esclavage, ni embrassé avec plus de joie le trésor d'une liberté sans contrainte, que mon âme bondissante n'en ressent en célébrant cette fête de bataille avec mon adversaire.--Puissant souverain, et vous pairs, mes compagnons recevez de ma bouche un souhait d'heureuses années. Aussi calme, aussi joyeux qu'à une mascarade, je vais au combat: la loyauté a un coeur paisible.

RICHARD.--Adieu, milord. Je vois avec la valeur la vertu tranquillement assise dans tes yeux.--Maréchal, ordonnez le combat, et que l'on commence.

(Richard et les lords retournent à leurs siéges.)

LE MARÉCHAL.--Henri d'Hereford, Lancastre et Derby, reçois ta lance; et Dieu défende le droit!

BOLINGBROKE.--Ferme dans mon espérance comme une tour, je dis: *Amen.*

LE MARÉCHAL, *à un officier.*--Allez, portez cette lance à Thomas, duc de Norfolk.

PREMIER HÉRAUT.--Henri d'Hereford, Lancastre et Derby, est ici pour Dieu, pour son souverain et pour lui-même, à cette fin de prouver, sous peine d'être déclaré faux et lâche, que le duc de Norfolk, Thomas Mowbray, est un traître à Dieu, à son roi et à lui-même; et il le défie au combat.

SECOND HÉRAUT.--Ici est Thomas Mowbray, duc de Norfolk, ensemble pour se défendre et pour prouver, sous peine d'être déclaré faux et lâche, qu'Henri d'Hereford, Lancastre et Derby, est déloyal envers Dieu, son souverain et lui: plein de courage et d'un franc désir, il n'attend que le signal pour commencer.

LE MARÉCHAL.--Sonnez, trompettes; combattants, partez. (*On sonne une charge.*)--Mais, arrêtez: le roi vient de baisser sa baguette.

RICHARD.--Que tous deux déposent leurs casques et leurs lances et qu'ils retournent reprendre leur place.--Éloignez-vous avec nous, et que les trompettes sonnent jusqu'au moment où nous reviendrons déclarer nos ordres à ces ducs (*Longue fanfare.--Ensuite Richard s'adresse aux deux combattants.*)--Approchez.... Écoutez ce que nous venons d'arrêter avec notre conseil. Comme nous ne voulons pas que la terre de notre royaume soit souillée du sang précieux qu'elle a nourri, et que nos yeux haïssent l'affreux spectacle des plaies civiles creusées par des mains concitoyennes; comme nous jugeons que ce sont les pensées ambitieuses d'un orgueil aspirant à s'élever aux cieux sur les ailes de l'aigle, qui, jointes à cette envie qui déteste un rival, vous ont portés à troubler la paix qui dans le berceau de notre patrie respirait de la douce haleine du sommeil d'un enfant, en sorte que, réveillée par le bruit discordant des tambours, par le cri effrayant des trompettes aux sons aigres, et le confus cliquetis du fer de vos armes furieuses, la belle Paix, pourrait, épouvantée, fuir nos tranquilles contrées, et nous forcer à marcher à travers le sang de nos parents: en conséquence, nous vous bannissons de notre territoire.--Vous, cousin Hereford, sous peine de mort, jusqu'à ce que deux fois cinq étés aient enrichi nos plaines, vous ne reviendrez pas saluer nos belles possessions, mais vous suivrez les routes étrangères de l'exil.

BOLINGBROKE.--Que votre volonté soit faite!--La consolation qui me reste, c'est que le soleil qui vous réchauffe ici brillera aussi pour moi; et ces rayons d'or qu'il vous prête ici se darderont aussi sur moi, et doreront mon exil.

RICHARD.--Norfolk, un arrêt plus rigoureux t'est réservé; je sens quelque répugnance à le prononcer. Le vol lent des heures ne déterminera point pour toi la limite d'un exil sans terme. Cette parole sans espoir: *Tu ne reviendras, jamais*, je la prononce contre toi sous peine de la vie.

NORFOLK.--Sentence rigoureuse en effet, mon souverain seigneur, et que j'attendais bien peu de la bouche de Votre Majesté. J'ai mérité de la main de Votre Altesse une récompense plus bienveillante, une moins profonde mutilation, que celle d'être ainsi rejeté au loin dans l'espace commun de l'univers. Maintenant il me faut oublier le langage que j'appris durant ces quarante années, mon anglais natal. Ma langue me sera désormais aussi inutile qu'une viole ou une harpe sans cordes, un instrument fait avec art mais enfermé dans son étui, ou qu'on en retire pour le placer dans les mains qui ne connaissent point l'art d'en faire sortir l'harmonie. Vous avez emprisonné ma langue dans ma bouche, sous les doubles guichets de mes dents et de mes lèvres, et la stupide, l'insensible, la stérile ignorance est le geôlier qui m'est donné pour me garder: je suis trop vieux pour caresser une nourrice, trop avancé en âge pour devenir écolier. Votre arrêt n'est donc autre chose que celui d'une mort silencieuse qui prive ma langue de la faculté de parler son idiome naturel.

RICHARD.--Il ne te sert de rien de te plaindre. Après notre sentence, les lamentations viennent trop tard.

NORFOLK, *se retirant*.--Je vais donc quitter la lumière de mon pays, pour aller habiter les sombres ténèbres d'une nuit sans fin.

RICHARD.--Reviens encore, et emporte avec toi un serment. Posez sur notre épée royale vos mains exilées; jurez par l'obéissance que vous devez au ciel (et dont la part qui nous appartient vous accompagnera dans votre bannissement) ³, de garder le serment que nous vous faisons prêter, que jamais dans votre exil (et qu'ainsi le ciel et l'honneur vous soient en aide) vous ne vous rattacherez l'un à l'autre par l'affection; que jamais vous ne consentirez l'un l'autre à vous regarder; que jamais ni par écrit, ni par aucun rapprochement, vous n'éclaircirez la sombre tempête de la haine née entre vous dans votre patrie; que jamais vous ne vous réunirez à dessein pour tramer, combiner, comploter aucun acte dommageable contre nous, nos sujets et notre pays.

Note 3: (retour) *Our part therein we banish with yourselves.*

Les commentateurs ont cru voir dans ce vers que Richard les déliait en les bannissant de l'obéissance qu'ils lui devaient; il paraît clair, au contraire, que s'il bannit avec eux l'obéissance qu'ils lui doivent; c'est pour qu'elle les accompagne.

BOLINGBROKE.--Je le jure.

NORFOLK.--Et moi aussi, je jure d'observer tout cela.

BOLINGBROKE.--Norfolk, je puis t'adresser encore ceci comme à mon ennemi: à cette heure, si le roi nous l'avait permis, une de nos âmes serait errante dans les airs, bannie de ce frêle tombeau de notre chair comme notre corps est maintenant banni de ce pays. Confesse tes trahisons avant de fuir de ce royaume: Tu as bien loin à aller; n'emporte pas avec toi le pesant fardeau d'une âme coupable.

NORFOLK.--- Non, Bolingbroke; si jamais je fus un traître, que mon nom soit effacé du livre de vie, et moi banni du ciel comme je le suis d'ici. Mais ce que tu es, le ciel, toi et moi nous le savons, et je crains que le roi n'ait trop tôt à déplorer ceci.--Adieu, mon souverain. Maintenant je ne puis plus m'égarer: excepté la route qui ramène en Angleterre, le monde entier est mon chemin.

(Il sort.)

RICHARD.--Oncle, je lis clairement dans le miroir de tes yeux le chagrin de ton coeur: la tristesse de ton visage a retranché quatre années du nombre des années de son exil. (*A Bolingbroke.*)--Après que les glaces de six hivers se seront écoulées, reviens de ton exil, le bienvenu dans ta patrie.

BOLINGBROKE.--Quel long espace de temps renfermé dans un petit mot! Quatre traînants hivers et quatre folâtres printemps finis par un mot! Telle est la parole des rois.

GAUNT.--Je remercie mon souverain de ce que, par égard pour moi, il abrège de quatre ans l'exil de mon fils; mais je n'en retirerai que peu d'avantage, car avant que les six années qu'il lui faut passer aient changé leurs lunes et fait leur révolution, ma lampe dépourvue d'huile et ma lumière usée par le temps s'éteindront dans les années et dans une nuit éternelle; ce bout de flambeau qui me reste sera brûlé et fini, et l'aveugle Mort ne me laissera pas revoir mon fils.

RICHARD.--Pourquoi, mon oncle? Tu as encore bien des années à vivre.

GAUNT.--Mais pas une minute, roi, que tu puisses me donner. Tu peux abréger mes jours par le noir chagrin, tu peux m'enlever des nuits, mais non me prêter un lendemain. Tu peux aider le temps à me sillonner de vieillesse, mais non pas arrêter dans ses progrès une seule de mes rides. S'agit-il de ma mort, ta parole a cours aussi bien que lui: mais mort, ton royaume ne saurait racheter ma vie.

RICHARD..--Ton fils est banni d'après une sage délibération dans laquelle ta voix même a donné son suffrage. Pourquoi donc maintenant sembles-tu te plaindre de notre justice?

GAUNT.--Il est des choses qui, douces au goût, sont dures à digérer. Vous m'avez pressé comme juge, mais j'aurais bien mieux aimé que vous m'eussiez ordonné de plaider comme un père. Ah! si au lieu de mon enfant, c'eût été un étranger, pour adoucir sa faute j'aurais été plus indulgent: j'ai cherché à éviter le reproche de partialité; et dans ma sentence j'ai détruit ma propre vie.--Hélas! je regardais si quelqu'un de vous ne dirait pas que j'étais trop sévère, de rejeter ainsi ce qui m'appartient; mais vous avez laissé à ma langue, malgré sa répugnance, la liberté de me faire ce tort contre ma volonté.

RICHARD.--Adieu, cousin; et vous, oncle, dites-lui aussi adieu: nous le bannissons pour six ans; il faut qu'il parte.

(Fanfare.--Sortent Richard et la suite.)

AUMERLE.--Cousin, adieu. Ce que nous ne pouvons savoir par votre présence, que des lieux que vous habiterez vos lettres nous l'apprennent.

LE MARÉCHAL.--Milord, moi je ne prends point congé de vous; je chevaucherai à vos côtés tant que la terre me le permettra.

GAUNT.--Hélas! pourquoi es-tu si avare de tes paroles et ne réponds-tu rien aux salutations de tes amis?

BOLINGBROKE.--Je n'ai pas de quoi suffire à vous faire mes adieux; il me faudrait prodiguer l'usage de ma langue pour exhaler toute l'abondance de la douleur de mon coeur.

GAUNT.--Ce qui cause ton chagrin n'est qu'une absence passagère.

BOLINGBROKE.--La joie absente, le chagrin reste toujours présent.

GAUNT.--Qu'est-ce que six hivers? Ils passent bien vite.

BOLINGBROKE.--Pour les hommes qui sont heureux; mais d'une heure le chagrin en fait dix.

GAUNT.--Suppose que c'est un voyage que tu entreprends pour ton plaisir.

BOLINGBROKE.--Mon coeur soupirera quand je voudrai le tromper par ce nom en y reconnaissant un pèlerinage.

GAUNT.--Regarde le sombre voyage de tes pas fatigués comme un entourage dans lequel tu devras placer le joyau précieux du retour dans la patrie.

BOLINGBROKE.--Dites plutôt que chacun des pas pénibles que je vais faire me rappellera quel vaste espace du monde j'aurai parcouru loin des joyaux que j'aime. Ne me faudra-t-il pas faire un long apprentissage de ces routes étrangères? et lorsqu'à la fin j'aurai regagné ma liberté, de quoi pourrai-je me vanter, si ce n'est d'avoir travaillé pour le compte de la douleur?

GAUNT.--Tous les lieux que visite l'oeil du ciel sont pour le sage des ports et des asiles heureux. Instruis tes nécessités à raisonner ainsi, car il n'est point de vertu comme la nécessité. Persuade-toi non pas que c'est le roi qui t'a banni, mais que tu as banni le roi.--Le malheur s'appesantit d'autant plus qu'il s'aperçoit qu'on le porte avec faiblesse. Va, dis-toi que je t'ai envoyé acquérir de l'honneur, et non que le roi t'a exilé; ou bien suppose encore que la peste dévorante est suspendue dans notre atmosphère, et que tu fuis vers un climat plus pur. Vois ce que ton coeur a de plus cher; imagine qu'il est dans les lieux où tu vas, et non dans ceux d'où tu viens. Pense que les oiseaux qui chantent sont des musiciens, le gazon que foulent tes pieds un salon parsemé de joncs, les fleurs de belles femmes, et tes pas un menuet [4] ou une danse agréable. Le chagrin grondeur a moins de prise pour mordre l'homme qui s'en rit et le tient pour léger.

Note 4: (retour) *A delightful measure or a dance.*

A measure était en général une danse mesurée ou d'apparat.

BOLINGBROKE.--Eh! qui pourra tenir le feu dans sa main en pensant aux glaces du Caucase, ou assouvir l'âpre avidité de la faim par la simple idée d'un festin, ou marcher nu à l'aise dans les neiges de décembre en se créant la chaleur d'un été fantastique? L'idée du bien ne peut qu'accroître le sentiment du mal. La dent cruelle de la douleur n'est jamais si venimeuse que lorsqu'elle mord sans ouvrir une large blessure.

GAUNT.--Viens, viens, mon fils; je vais te mettre dans ton chemin. Si j'avais ta cause et ta jeunesse, je ne demeurerais pas ici.

BOLINGBROKE.--Adieu donc, sol de l'Angleterre; douce terre, adieu, ma mère et ma nourrice qui me portes encore. Dans quelque lieu que je sois, je pourrai du moins me vanter d'être, quoique banni, un véritable Anglais.

SCÈNE IV

La scène est toujours à Coventry.--Un appartement dans le château du roi.

Entrent LE ROI RICHARD, BAGOT et GREEN, *ensuite* AUMERLE.

RICHARD.--Oui, nous nous en sommes aperçus.--Cousin Aumerle, jusqu'où avez-vous conduit le grand Hereford sur son chemin? [5]

Note 5: (retour) Johnson a voulu supposer ici quelque erreur de copiste dans la distribution des actes, et, d'après une nouvelle disposition qu'a suivie Letourneur, il fait commencer au retour d'Aumerle le second acte, que les anciennes copies ne font commencer qu'à l'arrivée du roi à Ely. Il se fonde sur ce qu'il faut bien donner au vieux Gaunt le temps d'accompagner son fils, de revenir et de tomber malade. Mais d'abord, Gaunt n'accompagne point son fils; il le met seulement *en chemin (on the way)*; ensuite on peut supposer autant de temps que l'on voudra entre la troisième et la quatrième scène du premier acte, autant du moins qu'il en faut pour le retour d'Aumerle et la nouvelle de la maladie du vieux Gaunt, qui, nous dit-on, a été pris subitement. La distribution des actes telle qu'on la trouve dans les anciennes éditions a du moins l'avantage de renfermer dans le premier acte un événement fini, le départ d'Hereford; et comme la distribution imaginée par Johnson ne donne d'ailleurs aucun moyen d'expliquer avec vraisemblance les événements qui sont censés s'être passés dans l'intervalle du premier au deuxième acte, on a conservé l'ancienne. Au reste, dans les éditions faites avant la mort de Shakspeare, la pièce n'était point coupée en actes, mais simplement composée d'une suite de scènes: les éditions faites immédiatement après sa mort n'ont donc sur celles qui l'ont précédée que l'avantage d'une tradition plus récente des directions théâtrales qu'avait données l'auteur; elles semblent de plus, dans ce cas-ci, avoir en leur faveur le bon sens dramatique.

AUMERLE.--J'ai conduit le grand Hereford, puisqu'il vous plaît de l'appeler ainsi, jusqu'au grand chemin le plus voisin, et je l'ai laissé là.

RICHARD.--Et dites-moi, quel flot de larmes a-t-il été versé au moment de la séparation?

AUMERLE.--Ma foi, de ma part aucune, à moins que le vent du nord-est, qui nous soufflait alors cruellement au visage, n'ait mis en mouvement un rhume endormi, et n'ait ainsi, par hasard, honoré d'une larme nos adieux hypocrites.

RICHARD.--Qu'a dit notre cousin lorsque vous vous êtes quittés?

AUMERLE.--Il m'a dit: *portez-vous bien* 6; et, comme mon coeur dédaignait de voir ma langue profaner ce souhait, je me suis avisé de contrefaire l'accablement d'un chagrin si profond, que mes paroles semblaient ensevelies dans le tombeau de ma douleur. Vraiment, si ces mots, *portez-vous bien* avaient pu allonger les heures et ajouter aux années de son court exil, il aurait eu un volume de *portez-vous bien;* mais comme cela n'était pas, il n'en a point eu de moi.

Note 6: (retour) .....*Farewell.*

Farewell, l'adieu ordinaire des Anglais, signifie *portez-vous bien.* Il a fallu le traduire ainsi, pour faire comprendre la répugnance d'Aumerle à le prononcer.

RICHARD.--Il est notre cousin, cousin; mais il est douteux, lorsque arrivera le temps qui doit le ramener de l'exil, que notre parent revienne voir ses amis. Nous-même, et Bushy, et Bagot que voilà, et Green aussi, nous avons remarqué comme il faisait la cour au commun peuple; comme il cherchait à pénétrer dans leurs coeurs par une politesse modeste et familière; quels respects il prodiguait à des misérables, s'étudiant à gagner le dernier des artisans par l'art de ses sourires et par une soumission patiente à sa fortune, comme s'il eût voulu emporter avec lui leurs affections: il ôtait son bonnet à une marchande d'huîtres; deux charretiers, pour lui avoir souhaité la faveur de Dieu, ont reçu l'hommage de son flexible genou, avec ces mots: «Je vous remercie, mes compatriotes, mes bons amis;» comme si notre Angleterre lui devait revenir en héritage, et qu'il fût au premier degré l'espérance de nos sujets.

GREEN.--Eh bien, il est parti; bannissons avec lui toutes ces idées. Maintenant songeons aux rebelles soulevés dans l'Irlande: il faut s'en occuper promptement, mon souverain, avant que de plus longs délais multiplient leurs moyens à leur avantage et au détriment de Votre Majesté.

RICHARD.--Nous irons en personne à cette guerre; et comme une cour trop brillante et la libéralité de nos largesses ont rendu nos coffres un peu légers, nous nous trouvons forcés d'affermer nos domaines royaux pour en retirer un revenu qui puisse fournir aux affaires du moment. Si cela ne suffisait pas, nos lieutenants auront ici des blancs seings, au moyen desquels, quand ils sauront que les gens sont riches, ils leur imposeront de grosses sommes d'or qu'ils nous enverront pour faire face à nos besoins; car nous voulons partir sans délai pour l'Irlande. (*Entre Bushy.*)--Quelles nouvelles, Bushy?

BUSHY.--Le vieux Jean de Gaunt, seigneur, est dangereusement malade: il a été pris subitement, et il a envoyé un exprès en diligence pour conjurer Votre Majesté d'aller le visiter.

RICHARD.--Où est-il?

BUSHY.--A Ely-House.

RICHARD.--Ciel, inspire à son médecin la pensée de l'aider à descendre promptement dans la tombe! La doublure de ses coffres nous ferait des habits pour équiper nos soldats de l'armée d'Irlande.--Venez, messieurs; allons tous le visiter, et prions le ciel qu'en faisant diligence nous arrivions trop tard.

(Ils sortent.)

FIN DU PREMIER ACTE.

ACTE DEUXIÈME

SCÈNE I

Un appartement à Ely-House.

GAUNT *sur un lit de repos*, LE DUC D'YORK, *et d'autres personnes autour de lui.*

GAUNT.--Le roi viendra-t-il? Pourrai-je rendre le dernier soupir en donnant de salutaires conseils à sa jeunesse sans appui?

YORK.--Cessez de vous tourmenter; ne forcez point votre poitrine, car c'est bien en vain que les conseils arrivent à son oreille.

GAUNT.--Oh! mais on dit que la voix des mourants captive l'attention comme une solennelle harmonie; que lorsque les paroles sont rares, elles ne sont guère jetées en vain, car ils exhalent la vérité ceux qui exhalent leurs paroles dans la douleur, et celui qui ne parlera plus est plus écouté que ceux auxquels la jeunesse et la santé ont appris à causer. On remarque plus la fin des hommes que leurs vies précédentes; de même que le coucher du soleil, la dernière phrase d'un air, la dernière saveur d'un mets agréable sont plus douces à la fin et se gravent mieux dans la mémoire que les choses passées depuis longtemps. Quoique Richard ait refusé d'écouter les conseils de ma vie, les tristes discours de ma mort peuvent encore vaincre la dureté de son oreille.

YORK.--Non, elle est bouchée par d'autres sons plus flatteurs, par exemple les éloges donnés à sa magnificence: on entend ensuite autour de lui des vers impurs dont les sons empoisonnés trouvent l'oreille de la jeunesse toujours ouverte pour les entendre; on l'entretient des modes de la superbe Italie, dont notre peuple cherche gauchement à singer, en les suivant de loin, les manières dans une honteuse imitation. Quelque part qu'il vienne de naître une frivolité dans le monde, quelque misérable qu'elle puisse être, pourvu qu'elle soit nouvelle, ne court-on pas aussitôt en étourdir l'oreille du roi? Tous les conseils arrivent trop tard là où la volonté se révolte contre les considérations de la raison. N'entreprends point de guider celui qui veut choisir son chemin lui-même. Il ne te reste qu'un souffle, et tu veux le perdre en vain!

GAUNT.--Il me semble que je suis un prophète nouvellement inspiré, et voici ce qu'en expirant je prédis de lui: La fougue insensée de cette ardeur de désordre ne saurait durer, car les incendies violents sont bientôt éteints, les petites ondées durent longtemps; mais les orages soudains sont bientôt finis. Celui qui donne trop continuellement de l'éperon fatigue bientôt sa monture;

et la nourriture avidement engloutie étouffe celui qui la dévore: l'imprévoyante vanité, cormoran insatiable, consomme ses ressources et finit par se dévorer elle-même.--Ce noble trône des rois; cette île souveraine, cette terre de majesté, ce séjour de Mars, ce nouvel Éden, ce demi-paradis, cette forteresse bâtie par la nature elle-même pour s'y retrancher contre la contagion et contre le bras de la guerre; cette heureuse race d'hommes, ce petit univers, cette pierre précieuse enchâssée dans la mer d'argent qui, comme un rempart ou comme un fossé creusé autour d'une maison, la défend contre la jalousie des contrées moins fortunées; ce sol béni du ciel, cette terre, ce royaume, cette Angleterre, cette nourrice, ce sein fécond en rois redoutés par la valeur de leur race, fameux par leur naissance, renommés par leurs exploits, que, pour le service de la chrétienté et l'honneur de la chevalerie ils ont portés loin de leur patrie, jusqu'au sépulcre qui est dans la rebelle Judée, le tombeau du fils de la bienheureuse Marie, la rançon de l'univers; cette chère, chère patrie, chérie pour sa réputation dans le monde entier, est maintenant (ah! je meurs de le prononcer) engagée à bail comme un fief ou une misérable ferme! L'Angleterre, ceinte d'une mer triomphante, dont le rivage rocailleux repousse les jaloux assauts de l'humide Neptune, est maintenant honteusement enchaînée par quelques taches d'encre et des liens de parchemin pourri.... cette Angleterre, qui était accoutumée à conquérir les autres, a fait d'elle-même une ignominieuse conquête. Ah! si ce scandale devait s'évanouir avec ma vie, combien me trouverais-je heureux de voir arriver la mort!

(Entrent le roi Richard, la reine [7], Aumerle, Bushy, Green, Bagot, Ross et Willoughby.)

Note 7: (retour) Le personnage de la reine est de l'invention de Shakspeare. Richard, veuf d'Anne, soeur de l'empereur Venceslas, était fiancé depuis trois ans à Isabelle de France, qui n'en avait que dix.

YORK.--Voilà le roi arrivé. Ménagez sa jeunesse: un jeune cheval bouillant, si l'on s'irrite contre lui, s'en irrite bien davantage.

LA REINE--Comment se porte notre noble oncle Lancastre?

RICHARD.--Eh bien, vieillard, comment cela va-t-il? comment se trouve le vieux Gaunt?

GAUNT.--Oh! comme ce nom [8] convient à ma figure! Je suis un vieux desséché, en effet, et desséché parce que je suis vieux; le chagrin a gardé en moi une longue abstinence; et qui peut s'abstenir de nourriture et n'être pas desséché? J'ai veillé longtemps pour l'Angleterre endormie: les veilles engendrent la maigreur, et la maigreur est toute desséchée; ce plaisir qui sert quelquefois d'aliment à un père, la vue de mes enfants, j'en ai sévèrement jeûné; c'est au moyen de ce jeûne que tu m'as desséché. Je suis desséché comme il convient à la tombe, desséché comme la tombe dont les creuses entrailles ne renferment rien que des os.

Note 8: (retour) *Gaunt* en anglais signifie *mince, maigre, desséché*. Voici tout le passage, et cette suite de jeux de mots qui sont bien dans les habitudes d'esprit du temps, mais auxquels il a été impossible de trouver un équivalent en français:

> *O, how that name befits my composition!*
>
> *Old Gaunt, indeed; and gaunt in being old:*
>
> *Within me grief hath kept a tedious fast,*
>
> *And who abstains from meat and is not gaunt?*
>
> *The pleasure, that some fathers feed upon,*
>
> *Is my strict fast, I mean, my children's looks,*
>
> *And therein fasting, hast thou made me Gaunt,*
>
> *Gaunt I am for the grave, Gaunt as a grave*
>
> *Whose hollow womb inherits nought but bones.*

RICHARD.--Un malade peut-il jouer si subtilement sur son nom?

GAUNT.--Non, la misère se plaît à se jouer d'elle-même. Puisque tu as cherché à tuer mon nom dans ma personne; j'insulte à mon nom, grand roi, pour te flatter.

RICHARD.--Les mourants devraient-ils flatter les vivants?

GAUNT.--Non, non, mais les vivants flattent les mourants.

RICHARD.--Mais toi qui te meurs maintenant, tu prétends que tu me flattes?

GAUNT.--Oh! non, c'est toi qui te meurs, bien que je sois le plus malade.

RICHARD.--Moi, je suis en santé, je respire, et je te vois bien malade.

GAUNT.--Celui qui m'a fait sait combien je te vois malade, malade moi-même à cause de ce que je vois, et en te voyant malade; ton lit de mort est aussi vaste que ton pays où tu languis malade dans ta réputation. Et toi, malade trop insouciant, tu confies la guérison de ton corps oint du Seigneur aux médecins mêmes qui t'ont blessé. En dedans de cette couronne, dont le cercle n'est pas plus grand que ta tête, siége un millier de flatteurs qui, bien que renfermés dans cet étroit espace, étendent leurs dégâts jusqu'aux confins de ton pays. Oh! si ton grand-père eût pu voir d'un oeil prophétique, comment le fils de son fils ruinerait sa postérité, il aurait pris soin de placer ta honte hors de ta portée, en te déposant avant que tu entrasses en possession, puisque tu ne possèdes aujourd'hui que pour te déposer toi-même. Oui, mon neveu, quand tu serais le maître du monde entier, il serait encore honteux de donner ce pays à bail: mais lorsque ton univers se borne, à la possession de ce pays, n'est-il pas plus que honteux de le réduire à cette honte? Tu n'es à présent que l'intendant de l'Angleterre, et non pas son roi: tu as soumis ton esclave, ta puissance royale à la loi, et tu es.... [2]

Note 9: (retour) *The state of law is bondslave to the law.*

RICHARD.--Un imbécile lunatique à la tête faible qui te prévaux des priviléges de la maladie pour oser, chassant avec violence le sang royal de sa résidence naturelle, faire pâlir nos joues par ta morale glacée. Mais, j'en jure la majesté royale de mon trône, si tu n'étais pas le frère du fils du grand Édouard, ta langue, qui roule si grand train dans ta bouche, ferait rouler ta tête de dessus tes insolentes épaules.

GAUNT.--Fils de mon frère Édouard, oh! ne m'épargne pas parce que je suis le fils d'Édouard son père. Semblable au pélican, tu l'as déjà fait couler ce sang, tu l'as bu dans tes orgies. Mon frère Glocester, cette âme simple et de bonnes intentions (veuille le ciel l'admettre au nombre des âmes heureuses!), peut servir d'exemple et de témoignage pour démontrer que tu ne te fais pas scrupule de verser le sang d'Édouard. Ligue-toi avec mon mal actuel, et que ta cruauté, comme la faux de la vieillesse, moissonne d'un coup une fleur depuis trop longtemps flétrie. Vis dans ta honte, mais que ta honte ne meure pas avec toi, et que ces paroles fassent ton supplice dans l'avenir!--Reportez-moi dans mon lit, et de mon lit à la tombe. Qu'ils aiment la vie ceux qui y trouvent de la tendresse et de l'honneur!

(Il sort emporté par les gens de sa suite.)

RICHARD.--Et ceux-là font bien de mourir qui sont vieux et chagrins. Tu es tous les deux, et par là le tombeau te convient doublement.

YORK.--Je supplie Votre Majesté de n'imputer ses paroles qu'à l'humeur de la maladie et de la vieillesse. Il vous aime, sur ma vie, et vous tient pour aussi cher qu'Henri duc d'Hereford, s'il était ici.

RICHARD.--C'est vrai, vous dites la vérité; son amour pour moi ressemble à celui d'Hereford; et le mien est comme le leur.... Que les choses soient ce qu'elles sont.

(Entre Northumberland.)

NORTHUMBERLAND.--Mon souverain, le vieux Gaunt se recommande au souvenir de Votre Majesté.

RICHARD.--Que dit-il maintenant?

NORTHUMBERLAND.--Rien vraiment. Tout est dit; sa langue est maintenant un instrument sans cordes: le vieux Lancastre a dépensé vie, paroles, et tout le reste.

YORK.--Qu'York soit après lui le premier qui fasse ainsi banqueroute! La mort, tout indigente qu'elle est, met un terme à des douleurs mortelles.

RICHARD.--Le fruit le plus mûr tombe le premier: ainsi fait-il: c'est son tour, son temps est passé: c'est celui de notre voyage à nous autres. C'en est assez là-dessus.--Maintenant songeons à nos guerres d'Irlande. Il nous faut chasser ces sauvages Kernes à la chevelure crépue, qui existent comme un venin là où n'a la permission de résider aucun autre venin qu'eux-mêmes [10]. Et pour cette importante expédition, nous avons besoin de subsides qui nous aident à la soutenir: nous saisissons donc l'argenterie, l'argent monnayé, les revenus et le mobilier que possédait notre oncle Gaunt.

Note 10: (retour) Il était de tradition que, grâce à la protection de saint Patrick, aucun animal venimeux ne pouvait vivre en Irlande.

YORK.--Jusques à quand serai-je patient? Combien de temps encore mon tendre attachement à mon devoir me fera-t-il supporter l'injustice? Ni la mort de Glocester, ni le bannissement d'Hereford, ni les affronts de Gaunt, ni les maux domestiques de l'Angleterre, ni les empêchements apportés au mariage de ce pauvre Bolingbroke [11], ni ma propre disgrâce, n'ont jamais apporté une nuance d'aigreur sur mon visage soumis, ne m'ont jamais fait porter sur mon souverain un regard irrité.--Je suis le dernier des fils du noble Édouard, dont ton père, le prince de Galles, était le premier. Jamais lion ne fut plus terrible dans la guerre, jamais paisible agneau ne fut plus doux dans la paix que ne l'était ce noble jeune homme. Tu as ses traits; oui, c'était là son air à l'âge où il comptait le même nombre d'heures que toi. Mais lorsqu'il prenait un front menaçant, c'était contre le Français, et non contre ses amis; sa main victorieuse conquérait ce qu'elle dépensait, et ne dépensait pas ce qu'avait conquis le bras triomphant de son père; ses mains ne furent jamais souillées du sang de ses parents; elles ne furent teintes que du sang des ennemis de sa race.--O Richard! York est trop accablé par la douleur: sans elle il ne vous eût jamais comparés.

Note 11: (retour) Il fut question, dit-on, pendant l'exil du duc d'Hereford en France de lui donner en mariage la fille du duc de Berry, mais Richard s'y opposa.

RICHARD.--Eh bien, quoi, mon oncle, qu'est-ce que c'est?

YORK.--O mon souverain, pardonnez-moi si c'est votre bon plaisir; sinon, content de n'être pas pardonné, je suis également satisfait. Quoi! vous voulez saisir et retenir en vos mains les droits souverains et les biens d'Hereford exilé? Gaunt n'est-il pas mort? Hereford n'est-il pas vivant? Gaunt ne fut-il pas un homme d'honneur? Henri n'est-il pas fidèle? Le père ne mérite-il pas un héritier? son héritier n'est-il pas un fils bien méritant? Si tu enlèves à Hereford ses droits, et au temps ses chartes et ses droits coutumiers, que demain ne succède donc plus à aujourd'hui; ne sois plus ce que tu es: car comment es-tu roi, si ce n'est par une descendance et une succession légitime? Maintenant devant Dieu, et Dieu me prescrit de dire la vérité, si par une injustice vous vous emparez de l'héritage d'Hereford, si vous mettez en question les lettres patentes présentées par ses mandataires pour revendiquer sa succession, et que vous refusiez l'hommage qu'il vous offre, vous attirez mille dangers sur votre tête, vous perdez mille coeurs bien disposés pour vous, et vous forcez la patience de mon attachement à des pensées que ne peuvent se permettre l'honneur et la fidélité.

RICHARD.--Pensez ce qu'il vous plaira: nous saisissons dans nos mains son argenterie, son argent, ses biens et ses terres.

YORK.--Je n'en serai pas témoin. Adieu, mon souverain.--Personne ne peut dire quelles seront les suites de ceci: mais d'injustes actions donnent lieu de présumer que leurs suites ne peuvent jamais être heureuses.

(Il sort.)

RICHARD.--Bushy, allez sans délai trouver le comte de Wiltshire 12; dites-lui de se rendre auprès de nous à Ely-House pour voir à cette affaire. Demain nous partons pour l'Irlande, et je crois qu'il en est bien temps. Nous créons notre oncle York lord gouverneur de l'Angleterre en notre absence, car c'est un homme juste et qui nous a toujours tendrement aimé.--Venez, ma reine; demain il faudra nous séparer: réjouissons-nous, car nous n'avons que peu de temps à passer ensemble.

Note 12: (retour) Ce fut, selon le bruit qui en courut alors, au comte de Wiltshire, à Bushy, à Green et à Bagot que le roi afferma son royaume.

(Fanfares.--Sortent le roi, la reine, Bushy, Aumerle, Green et Bagot.)

NORTHUMBERLAND.--Eh bien, seigneur, le duc de Lancastre est donc mort?

ROSS.--Et vivant, car maintenant son fils est duc.

WILLOUGHBY.--De nom seulement, mais non quant au revenu.

NORTHUMBERLAND.--Il serait riche en titre et en fortune si la justice avait ses droits.

ROSS.--Mon coeur est grand, mais il rompra sous le silence avant que je donne à mes paroles la liberté de le décharger.

NORTHUMBERLAND.--Allons, dis ce que tu penses, et que la parole soit interdite pour jamais à celui qui répétera les tiennes pour te nuire!

WILLOUGHBY.--Ce que tu veux dire intéresse-t-il le duc d'Hereford? S'il en est ainsi, parle hardiment, ami: j'ai l'oreille fine pour entendre ce qui lui est bon.

ROSS.--Je ne puis lui être bon à rien du tout, à moins que vous n'appeliez lui être bon à quelque chose de le plaindre en le voyant ainsi dépouillé et mutilé [13] dans son patrimoine.

Note 13: (retour) *Gelded.*

NORTHUMBERLAND.--Par le ciel, c'est une honte de souffrir dans ce royaume en décadence qu'on lui fasse de semblables injustices, à lui prince du sang royal, et à tant d'autres de noble race. Le roi n'est plus lui-même; il se laisse lâchement gouverner par des flatteurs; et tout ce qu'ils voudront raconter par pure haine contre chacun de nous tous, le roi le poursuivra avec rigueur contre nous, notre vie, nos enfants et nos héritiers.

ROSS.--Il a ruiné les communes par des taxes accablantes, et il a tout à fait perdu leurs coeurs: il a, pour de vieilles querelles, condamné les nobles à des amendes, et il a aussi perdu, leurs coeurs.

WILLOUGHBY.--Et chaque jour on invente de nouvelles exactions, comme *blancs seings*, *dons gratuits*, et je ne sais pas quoi. Mais, au nom de Dieu, que devient tout cela?

NORTHUMBERLAND.--Ce n'est pas la guerre qui l'a consumé, car il n'a point fait la guerre: il a honteusement livré par contrat ce que ses ancêtres avaient conquis à force de coups: il a plus dépensé dans la paix qu'ils n'ont fait dans toutes leurs guerres.

ROSS.--Le comte de Wiltshire tient le royaume à ferme.

WILLOUGHBY.--Le roi s'est fait banqueroutier, comme un homme ruiné.

NORTHUMBERLAND.--L'opprobre et la destruction sont suspendus sur sa tête.

ROSS.--Malgré ses lourdes taxes, il n'aura point d'argent pour ces guerres d'Irlande, s'il ne le vole au duc banni.

NORTHUMBERLAND.--Son noble parent!--O roi dégénéré!--Mais, milords, nous entendons siffler cette horrible tempête, et nous ne cherchons aucun abri contre l'orage. Nous voyons les vents serrer de près nos voiles, et, sans songer à les carguer, nous nous laissons tranquillement périr.

ROSS.--Nous voyons le naufrage qui nous attend, et le danger est inévitable maintenant, parce que nous avons trop supporté les causes de notre perte.

NORTHUMBERLAND.--Non, il n'est point inévitable; à travers les yeux creusés de la mort même, je vois poindre la vie: mais je n'ose dire combien est proche la nouvelle de notre salut.

WILLOUGHBY.--Allons, fais-nous part de tes pensées, comme nous te faisons part des nôtres.

ROSS.--Northumberland, parle avec confiance; tous trois nous ne faisons qu'un avec toi; et en parlant, tes paroles demeurent comme des pensées. Sois donc sans crainte.

NORTHUMBERLAND.--Eh bien, alors, j'ai reçu avis de Port-le-Blanc (une baie de la Bretagne) que Henri Hereford, Reynold, lord Cobham, le fils de Richard comte d'Arundel 14, échappé dernièrement de chez le duc d'Exeter son frère, ci-devant archevêque de Cantorbéry; sir Thomas Erpingham, sir John Ramston, sir John Norbery, sir Robert Waterton, et François Quoint, tous bien pourvus de munitions par le duc de Bretagne, font force de voiles vers l'Angleterre, montés sur huit gros vaisseaux avec trois mille hommes de guerre, et se proposent d'aborder sous peu sur nos côtes septentrionales; et peut-être y seraient-ils déjà, si ce n'est qu'ils attendent d'abord le départ du roi pour l'Irlande. Si donc nous voulons secouer le joug de la servitude, regarnir de plumes les ailes brisées de notre patrie languissante, racheter la couronne ternie à l'usurier qui la tient en gage, essuyer la poussière qui couvre l'or de notre sceptre, et rendre à la royauté sa majesté naturelle, venez avec moi en toute hâte à Ravensburg. Si vous faiblissez, retenus par la crainte, restez ici, gardez notre secret, et moi j'y cours.

Note 14: (retour) *The son of Richard, earl of Arundel.*

Ce vers, qui n'est point dans les anciennes éditions de Shakspeare, a été suppléé par ses commentateurs, attendu que ce comte d'Arundel, cité par Hollinshed dans la liste de ceux qui s'embarquèrent avec Bolingbroke, et que Shakspeare lui a d'ailleurs empruntée, est le seul à qui puisse s'appliquer le vers suivant:

That late broke from the duke of Exeter.

Thomas, comte d'Arundel, dont le père, Richard, avait été décapité à la Tour, avait été mis, à ce qu'il paraît, en quelque sorte sous la surveillance du duc d'Exeter, de chez lequel il s'échappa pour joindre Bolingbroke: seulement il était neveu, et non pas frère de Thomas Arundel, archevêque de Cantorbéry, privé de son siége par le pape à la demande du roi.

ROSS.--A cheval, à cheval! Propose tes doutes à ceux qui ont peur.

WILLOUGHBY.--Si mon cheval résiste, j'y serai le premier.

(Ils sortent.)

SCÈNE II

La scène est toujours en Angleterre.--Un appartement dans le palais.

Entrent LA REINE, BUSHY, BAGOT.

BUSHY.--Madame, Votre Majesté est beaucoup trop triste. Vous avez promis au roi, en le quittant, d'écarter cette mélancolie dangereuse et d'entretenir la sérénité dans votre âme.

LA REINE.--Je l'ai promis pour plaire au roi; mais si je veux me plaire à moi-même, cela m'est impossible. Cependant je ne me connais aucun sujet pour accueillir un hôte tel que le chagrin, si ce n'est d'avoir dit adieu à un hôte aussi cher que me l'est mon cher Richard: et pourtant il me semble que quelque malheur, encore à naître, mais prêt à sortir du sein de la fortune, s'avance en ce moment vers moi: le fond de mon âme tremble de rien, et elle s'afflige de quelque chose de plus que de l'éloignement du roi mon époux.

BUSHY.--Chaque cause réelle de douleur a vingt ombres qui ressemblent au chagrin, sans l'être: l'oeil de l'affliction, terni par les larmes qui l'aveuglent, décompose une seule chose en plusieurs objets: comme ces peintures qui, vues de face, n'offrent que des traits confus, et qui, regardées obliquement, présentent des formes distinctes; ainsi Votre chère Majesté, considérant de côté le départ du roi, y voit à déplorer des apparences de chagrins en dehors de lui, et qui, vues telles qu'elles sont, ne sont que des ombres de ce qui n'est pas. Ainsi, reine trois fois gracieuse, ne pleurez rien de plus que le départ de votre seigneur: il n'y a rien de plus à voir, ou si vous voyez quelque chose c'est de l'oeil trompeur du chagrin, qui dans les maux réels pleure des maux imaginaires.

LA REINE.--Cela peut être, mais mon coeur me persuade intérieurement qu'il en est autrement: quoi qu'il en soit, je ne puis m'empêcher d'être triste, et si mortellement triste que, quoique en pensant je ne m'arrête à aucune pensée, mon âme frémit et succombe sous ce pesant néant.

BUSHY.--Ce n'est rien, gracieuse dame, qu'un caprice de l'imagination.

LA REINE.--C'est tout autre chose; car l'imagination prend naissance de quelque chagrin qui lui sert d'ancêtre, et je ne suis pas dans ce cas. Ou le chagrin que j'éprouve est né sans cause, ou d'une véritable cause est né pour moi un chagrin sans réalité. Je possède déjà ce qui doit me revenir, mais comme une chose encore inconnue, que je ne puis nommer; c'est un malheur sans nom que je sens.

(Entre Green.)

GREEN.--Que le ciel conserve Votre Majesté!--Et vous, messieurs, je suis bien aise de vous rencontrer.--J'espère que le roi n'est pas encore embarqué pour l'Irlande.

LA REINE.--Et pourquoi l'espères-tu? Il vaut mieux espérer qu'il l'est; car ses desseins exigent de la célérité, et c'est sur cette célérité que se fondent nos espérances. Pourquoi donc espères-tu qu'il n'est pas embarqué?

GREEN.--C'est qu'il aurait pu, lui en qui nous espérons, ramener ses troupes sur leurs pas, et changer en désespoir les espérances d'un ennemi débarqué en force dans ce royaume. Le banni Bolingbroke se rappelle lui-même, et, les armes à la main, est arrivé en sûreté jusqu'à Ravensburg.

LA REINE.--Que le Dieu du ciel nous en préserve!

GREEN.--Oh! madame, cela n'est que trop vrai! et ce qu'il y a de plus fâcheux encore, c'est que lord Northumberland, son jeune fils Henry Percy, les lords Ross, Beaumont, et Willoughby, ont couru le rejoindre avec tous leurs puissants amis.

BUSHY.--Pourquoi n'avez-vous pas déclaré traîtres Northumberland et tout le reste de cette faction rebelle?

GREEN.--Nous l'avons fait; et aussitôt le comte de Worcester a brisé son bâton, a remis sa dignité de grand maître d'hôtel, et tous les officiers de la maison du roi ont volé avec lui vers Bolingbroke.

LA REINE.--Ainsi, Green, c'est vous qui êtes la sage-femme de mon malheur; et Bolingbroke est le funeste héritier qu'avait conçu mon chagrin. Enfin mon âme a enfanté son monstre; et, comme une mère encore haletante après sa délivrance, j'accumule douleurs sur douleurs et chagrins sur chagrins.

BUSHY.--Ne désespérez pas, madame.

LA REINE.--Et qui peut m'en empêcher? Oui, je désespère et me déclare ennemie de la trompeuse espérance; c'est une flatteuse, une parasite qui retient les pas de la mort, qui dissoudrait doucement les liens de la vie, si la perfide espérance ne faisait traîner nos derniers moments.

(Entre York.)

GREEN.--Voici le duc d'York.

LA REINE.--Avec l'armure de la guerre sur ses épaules vieillies. Oh! ses regards sont remplis de soucis inquiets!--Mon oncle, au nom du ciel, dites-nous des paroles consolantes.

YORK.--Si je le faisais, je mentirais à mes pensées: les consolations sont dans le ciel, et nous sommes sur la terre où l'on ne trouve que croix, peines et chagrins. Votre mari est allé sauver au loin ce que d'autres vont lui faire perdre ici. Il m'a laissé pour être l'appui de son royaume, moi qui, affaibli par l'âge, ne puis me soutenir moi-même! La voici arrivée l'heure de maladie amenée par ses excès! c'est maintenant qu'il va faire l'épreuve des amis qui l'ont flatté.

(Entre un serviteur.)

LE SERVITEUR.--Milord, votre fils était parti avant que j'arrivasse.

YORK.--Il était parti? A la bonne heure; que tout aille comme cela voudra. La noblesse a déserté; les communes sont froides, et je crains bien qu'elles ne se révoltent et ne se déclarent pour Hereford. Mon ami, va à Plashy trouver ma soeur Glocester; dis-lui de m'envoyer sur-le-champ mille livres.--Tiens, prends mon anneau.

LE SERVITEUR.--Milord, j'avais oublié de le dire à Votre Seigneurie, j'y suis entré aujourd'hui en passant par là--Mais je vais vous affliger si je vous dis le reste.

YORK.--Quoi, misérable?

LE SERVITEUR.--Une heure avant mon arrivée, la duchesse était morte.

YORK.--Que le ciel ait pitié de nous! Quel déluge de maux vient fondre à la fois sur ce malheureux pays!--Je ne sais que faire.--Plût à Dieu, pourvu qu'il n'y eût pas été poussé par mon infidélité, que le roi eût fait tomber ma tête avec celle de mon frère.--A-t-on fait partir des courriers pour l'Irlande?-- Comment trouverons-nous de l'argent pour fournir à cette guerre?--Venez ma soeur.... Je voulais dire ma nièce; pardonnez-moi, je vous prie. (*Au serviteur.*)--Va, mon garçon, va chez moi, procure-toi quelques chariots, et apporte les armes que tu trouveras.--Messieurs, voulez-vous aller rassembler des soldats?--Si je sais comment et par quelle voie mettre fin à ces affaires qu'on a jetées ainsi tout embrouillées dans mes mains, ne me croyez jamais.- -Tous les deux sont mes parents.--L'un est mon souverain, que mon serment et mon devoir m'ordonnent de défendre; et l'autre est également mon parent, que le roi a injustement dépouillé, à qui ma conscience et les liens du sang m'ordonnent de faire justice.--Allons, il faut pourtant faire quelque chose.-- Venez, ma nièce, je vais disposer de vous.--Vous, allez, rassemblez vos troupes, et venez me trouver sans délai au château de Berkley. Il serait nécessaire aussi que j'allasse à Plashy, mais le temps ne me le permet pas.-- Tout est en désordre, tout est laissé sens dessus dessous [15].

Note 15: (retour) ..... *Every thing is left at six and seven.*

(York et la reine sortent.)

BUSHY.--Les vents sont favorables pour porter des nouvelles en Irlande, mais aucune n'en arrive.--Quant à nous, lever une armée proportionnée à celle de l'ennemi, c'est ce qui nous est tout à fait impossible.

GREEN.--D'ailleurs, de l'attachement qui nous unit étroitement au roi, il n'y a pas loin à la haine de ceux qui n'aiment pas le roi.

BAGOT.--Oui, la haine de ces communes indécises; car leur affection loge dans leur bourse: quiconque la vide remplit d'autant leur coeur d'une haine mortelle.

BUSHY.--Et c'est pourquoi le roi est généralement condamné.

BAGOT.--Si le jugement dépend d'eux, nous le sommes aussi, nous qui avons toujours été près du roi.

GREEN.--Eh bien, pour moi, je vais m'aller réfugier dans le château de Bristol; le comte de Wiltshire y est déjà.

BUSHY.--Je m'y rendrai avec vous; car ces détestables communes ne feront pas grand'chose pour nous, si ce n'est de nous mettre tous en pièces comme des chiens.--Venez-vous avec nous?

BAGOT.--Non: je me rends, en Irlande, auprès de Sa Majesté.--Adieu; si les pressentiments du coeur ne sont pas vains, nous voilà trois ici qui nous séparons pour ne jamais nous revoir.

BUSHY.--Cela dépend du succès qu'aura York pour chasser Bolingbroke.

GREEN.--Hélas! ce pauvre duc! il entreprend là une tâche.... C'est comme s'il voulait boire l'Océan jusqu'à la dernière goutte, ou compter ses grains de sable.--Pour un qui va combattre avec lui, il en désertera mille.

BUSHY.--Adieu tout de suite pour cette fois, pour tous et pour toujours.

GREEN.--Bon! nous pouvons nous retrouver encore.

BAGOT.--Jamais, je le crains.

SCÈNE III

Les landes du comté de Glocester.

Entrent BOLINGBROKE et NORTHUMBERLAND *avec des troupes.*

BOLINGBROKE.--Combien y a-t-il encore d'ici à Berkley, milord?

NORTHUMBERLAND.--En vérité, noble seigneur, je suis absolument étranger dans le comté de Glocester. La hauteur de ces montagnes sauvages, la rudesse de ces chemins inégaux, allongent nos milles et augmentent la fatigue; et cependant l'agrément de votre conversation a été comme du sucre et a rendu ces mauvais chemins doux et délicieux. Mais je songe quelle fatigue éprouveront Ross; et Willoughby dans leur route de Ravensburg à Costwold, où ils n'auront pas votre compagnie qui, je vous le proteste, a tout à fait trompé pour moi l'ennui et la longueur du voyage. Mais le leur est adouci par l'espérance de jouir de l'avantage que je possède actuellement; et l'espérance du plaisir est, à peu de chose près, un plaisir égal à celui de la jouissance. Ce sentiment abrégera le chemin pour les deux seigneurs fatigués, comme l'a abrégé pour moi la jouissance présente de votre noble compagnie.

BOLINGBROKE.--Ma compagnie vaut beaucoup moins que vos paroles obligeantes.--Mais qui vient à nous?....

(Entre Henri Percy.)

NORTHUMBERLAND.--C'est mon fils, le jeune Percy, envoyé par mon frère Worcester, de quelque lieu qu'il arrive.--Henri, comment se porte votre oncle?

PERCY.--Je pensais, milord, que vous me donneriez de ses nouvelles.

NORTHUMBERLAND.--Comment, n'est-il pas avec la reine?

PERCY.--Non, mon bon seigneur, il a abandonné la cour, brisé les insignes de sa dignité, et dispersé la maison du roi.

NORTHUMBERLAND.--Quelle a été sa raison? Il n'avait pas cette intention la dernière fois que nous nous sommes entretenus ensemble.

PERCY.--C'est parce que Votre Seigneurie a été déclarée traître. Quant à lui, milord, il est allé à Ravensburg offrir ses services au duc d'Hereford; et il m'a envoyé par Berkley pour découvrir quelles étaient les forces que le duc d'York y avait rassemblées, avec ordre de me rendre ensuite à Ravensburg.

NORTHUMBERLAND.--Eh bien, mon enfant, est-ce que vous avez oublié le duc d'Hereford?

PERCY.--Non, mon bon seigneur, car je n'ai pu oublier ce que je n'ai jamais eu à me rappeler. Je ne sache pas l'avoir jamais vu de ma vie.

NORTHUMBERLAND.--Eh bien, apprenez à le connaître aujourd'hui. Voilà le duc.

PERCY.--Mon gracieux seigneur, je vous offre mes services tels qu'ils sont; je suis jeune, neuf et faible encore, mais les années, en me mûrissant, pourront rendre mes services plus utiles et plus dignes de votre approbation.

BOLINGBROKE.--Je te remercie, aimable Percy; et sois certain que je regarde comme mon plus grand bonheur de posséder un coeur qui se souvient de ses bons amis. A mesure que ma fortune croîtra avec ton affection, elle deviendra la récompense de cette affection fidèle. Mon coeur fait ce traité, et ma main le scelle ainsi.

NORTHUMBERLAND.--Quelle est la distance d'ici à Berkley, et quels sont les mouvements qu'y faits le bon vieux York avec ses hommes de guerre?

PERCY.--Là-bas, près de cette touffe d'arbres, est la forteresse, défendue par trois cents hommes, à ce que j'ai ouï dire; et là sont renfermés les lords d'York, Berkley et Seymour. On n'y compte aucun autre homme de nom et distingué par sa noblesse.

(Entrent Ross et Willoughby.)

NORTHUMBERLAND.--Voici les lords de Ross et Willoughby: leurs éperons sont tout sanglants, et leur visage est enflammé de la course.

BOLINGBROKE.--Soyez les bienvenus, milords: je sens bien que votre amitié s'attache aux pas d'un traître banni. Toute ma richesse se borne encore à des remercîments sans effets, qui, devenus plus riches, sauront récompenser votre amour et vos travaux.

ROSS.--Très-noble seigneur, votre présence nous fait riches.

WILLOUGHBY.--Et elle surpasse de beaucoup la fatigue que nous avons subie pour en jouir.

BOLINGBROKE.--Recevez encore des remercîments, seul trésor du pauvre, le seul d'où je puisse tirer mes bienfaits, jusqu'à ce que ma fortune, au berceau, ait acquis des années.--Mais qui vient à nous?

(Entre Berkley.)

NORTHUMBERLAND.--C'est, si je ne le trompe, lord Berkley.

BERKLEY.--Milord d'Hereford, c'est à vous que s'adresse mon message.

BOLINGBROKE.--Milord, je ne réponds qu'au nom de Lancastre, et je suis venu chercher ce nom en Angleterre: il faut que je trouve ce titre dans votre bouche avant que je réponde à rien de ce que vous pourrez me dire.

BERKLEY.--Ne vous méprenez pas sur mes paroles, milord: ce n'est pas mon intention d'effacer aucun de vos titres d'honneur.--Je viens vers vous, milord.... (ce que vous voudrez), de la part du très-glorieux régent de ce royaume, le duc d'York, pour savoir ce qui vous excite à profiter de l'absence du roi pour troubler la paix de notre pays avec des armes forgées dans son sein.

(Entre York avec sa suite.)

BOLINGBROKE, *à Berkley.*--Je n'aurai pas besoin de transmettre par vous ma réponse: voilà Sa Seigneurie en personne. (*Il fléchit le genou.*)--Mon noble oncle!

YORK.--Que je voie s'abaisser devant moi ton coeur et non tes genoux, dont le respect est faux et trompeur.

BOLINGBROKE.--Mon gracieux oncle!....

YORK.--Cesse, cesse; ne me gratifie pas du titre de *grâce*, ni de celui d'*oncle*: je ne suis point l'oncle d'un traître, et ce titre de *grâce* a mauvaise grâce dans ta bouche sacrilège [16]. Pourquoi les pieds d'un banni, d'un proscrit, ont-ils osé toucher la poussière du sol d'Angleterre? mais surtout, pourquoi ont-ils osé traverser tant de milles sur son sein paisible, et effrayer ses pâles hameaux par l'appareil de la guerre et une ostentation de forces que je méprise? Viens-tu parce que le roi consacré n'est pas ici? Mais, jeune insensé, le roi est demeuré dans ma personne, son autorité a été remise à mon coeur loyal. Ah! si je possédais encore ma bouillante jeunesse, comme au temps où le brave Gaunt ton père, et moi, nous délivrâmes le Prince Noir, ce jeune Mars parmi les hommes, du milieu des rangs de tant de milliers de Français, oh! comme ce bras, que la paralysie retient captif, t'aurait bientôt puni et châtié de ta faute!

Note 16: (retour) *In an ungracious mouth, is but profane.* Il a fallu s'écarter un peu du sens littéral pour conserver le jeu de mots.

BOLINGBROKE.--Mon gracieux oncle, faites-moi connaître ma faute, et quelle en est la nature et la gravité.

YORK.--Elle est de la nature la plus grave.--Une révolte ouverte et une trahison détestable! Tu es un homme banni, et tu reviens ici avant l'expiration du terme de ton exil, bravant ton souverain les armes à la main!

BOLINGBROKE.--Quand je fus banni, j'étais Hereford banni, mais maintenant je reviens Lancastre: et mon digne oncle, j'en conjure Votre

Grâce, examinez d'un oeil impartial les injures que j'ai souffertes. Vous êtes mon père, car il me semble qu'en vous je vois vivre encore le vieux Gaunt; ô vous donc, mon père, souffrirez-vous que je reste condamné au sort d'un vagabond errant, mes droits et mon royal héritage arrachés de mes mains par la violence et abandonnés à des prodigues parvenus? A quoi me sert donc ma naissance? Si le roi mon cousin est roi d'Angleterre, il faut bien m'accorder que je suis duc de Lancastre. Vous avez un fils, Aumerle, mon noble parent: si vous étiez mort le premier, et qu'il eût été foulé aux pieds comme moi, il aurait retrouvé dans son oncle Gaunt un père pour poursuivre l'injustice et la mettre aux abois. On me refuse le droit de poursuivre la mise en possession de mes biens, comme j'y suis autorisé par mes lettres patentes, tous les biens de mon père ont été saisis et vendus, et, comme tout le reste, mal employés! Que vouliez-vous que je fisse? Je suis un sujet, et je réclame la loi; on me refuse des fondés de pouvoir; je viens donc réclamer en personne l'héritage qui me revient par légitime descendance.

NORTHUMBERLAND.--Le noble duc a été trop indignement traité.

ROSS.--Il dépend de Votre Grâce de lui rendre justice.

WILLOUGHBY.--Des hommes indignes se sont agrandis à ses dépens.

YORK.--Messeigneurs d'Angleterre, laissez-moi vous parler.--J'ai ressenti les outrages faits à mon cousin, et j'ai fait tout ce que j'ai pu pour lui faire rendre justice: mais venir ainsi avec des armes menaçantes, en s'ouvrant soi-même un chemin l'épée à la main, en cherchant à reconquérir ses droits par l'injustice, cela ne se peut pas.--Et vous qui le soutenez dans cette conduite, vous favorisez la révolte et vous êtes tous des rebelles.

NORTHUMBERLAND.--Le noble duc a fait serment qu'il ne revenait que pour revendiquer ce qui lui appartient: sa cause est si juste que nous avons tous solennellement juré de lui prêter notre secours, et que celui de nous qui violera son serment ne voie jamais la joie.

YORK.--Allons, allons, je vois quelle sera l'issue de cet armement. Je n'y puis rien, il faut que je le confesse; mon pouvoir est faible, et tout m'a été laissé en mauvais état. Si je le pouvais, j'en jure par Celui qui m'a donné la vie, je vous ferais tous arrêter et vous obligerais à implorer la souveraine miséricorde du roi; mais, puisque je ne le puis, je vous déclare que je reste neutre; ainsi, adieu, à moins qu'il ne vous plaise d'entrer dans le château, et d'y prendre du repos cette nuit.

BOLINGBROKE.--C'est une offre, mon oncle, que nous accepterons volontiers; mais il faut que nous persuadions à Votre Grâce de venir avec nous au château de Bristol, qu'on dit occupé par Bushy, Bagot et leurs complices, ces chenilles de l'État, que j'ai fait serment d'abattre et de détruire.

YORK.--Il pourrait se faire que j'allasse avec vous. Mais non, cependant, j'y réfléchirai, car j'ai de la répugnance à enfreindre les lois de notre patrie. Vous n'êtes ni mes amis ni mes ennemis, mais vous êtes les bienvenus chez moi: je ne veux plus prendre souci de choses auxquelles on ne peut plus porter remède.

SCÈNE IV [17]

Un camp dans le pays de Galles.

Entrent SALISBURY et UN CAPITAINE.

Note 17: (retour) Johnson suppose que cette scène a été, par erreur de copiste, déplacée de son lieu naturel, et qu'elle devait, dans l'intention de Shakspeare, former la seconde scène du troisième acte, le second se terminant ainsi à la sortie de Bolingbroke pour aller à Bristol. Il a dû être déterminé dans son opinion par le lieu de cette scène, placée, comme troisième scène du troisième acte, dans le pays de Galles; en sorte qu'en conservant l'ancienne disposition, il faut passer deux fois et rapidement d'Angleterre dans le pays de Galles, et du pays de Galles en Angleterre. Mais c'est une considération à laquelle, en général, Shakspeare paraît attacher peu d'importance, et qui en a peu en effet dans le système qu'il a adopté; au lieu que, pour l'intérêt et la progression de la marche dramatique, l'une des parties qu'il a le plus soignées, cette scène de la désertion des Gallois doit nécessairement faire suite à la soumission du duc d'York, et terminer le second acte qui finit ainsi avec la puissance de Richard et l'anéantissement complet des forces sur lesquelles il avait compté. L'exécution de Green et de Bushy au commencement du troisième acte est le premier exercice de la puissance de Bolingbroke, destinée à aller dès ce moment toujours en croissant jusqu'à la fin de la pièce, mais qui s'annonce déjà tout entière dans cet acte de souveraineté. Elle perdrait ce caractère si la partie était encore incertaine, si l'on pouvait supposer qu'il reste encore à Richard les moyens de venger ses amis.

LE CAPITAINE.--Lord Salisbury, nous avons attendu dix jours, et nous avons eu bien de la peine à tenir nos compatriotes rassemblés; et cependant nous ne recevons aucune nouvelle du roi: en conséquence, nous allons nous disperser; adieu.

SALISBURY.--Attends encore un jour, fidèle Gallois, le roi met toute sa confiance en toi.

LE CAPITAINE.--On croit le roi mort. Nous ne resterons pas davantage: les lauriers dans nos campagnes se sont tous flétris; des météores viennent effrayer les étoiles fixes du firmament; la pâle lune jette sur la terre une lueur sanglante, et des prophètes au visage hâve annoncent tout bas, d'effrayants changements: les riches ont l'air triste, et les coquins dansent et sautent de joie, les uns dans la crainte de perdre ce qu'ils possèdent, les autres dans les espérances que leur offre la violence et la guerre. Ces signes présagent la mort ou la chute des rois.--Adieu: nos compatriotes sont partis et déjà loin, bien persuadés que leur roi Richard est mort.

(Il sort.)

SALISBURY.--Ah! Richard, c'est avec une douleur profonde que je vois ta gloire, comme une étoile filante, s'abîmer du firmament sur la misérable terre. Ton soleil descend en pleurant vers l'humble couchant, annonçant les orages, les maux et les troubles à venir. Tes amis ont fui et se sont joints à tes ennemis; et le cours de tous les événements te devient contraire.

(Il sort.)

FIN DU SECOND ACTE.

ACTE TROISIÈME

SCÈNE I

Le camp de Bolingbroke devant Bristol.

Entrent BOLINGBROKE, YORK, NORTHUMBERLAND, PERCY, ROSS.--*Derrière eux viennent des officiers conduisant* WILLOUGHBY, BUSHY et GREEN *prisonniers.*

BOLINGBROKE.--Faites approcher ces hommes.--Bushy et Green, je ne veux point tourmenter vos âmes (qui dans un instant vont être séparées de leurs corps) en vous représentant trop fortement les crimes de votre vie: cela serait manquer de charité. Cependant, pour laver mes mains de votre sang, je vais ici, à la face des hommes, exposer quelques-unes des causes de votre mort. Vous avez perverti un prince, un véritable roi, né d'un sang vertueux, d'une physionomie heureuse; vous l'avez dénaturé, vous l'avez entièrement défiguré. Vous avez en quelque sorte, par les heures choisies pour vos débauches 18, établi le divorce entre la reine et lui, et troublé la possession de la couche royale; vous avez flétri la beauté des joues d'une belle reine par les larmes qu'ont arrachées de ses yeux vos odieux outrages. Moi-même, que la fortune a fait naître prince, uni au roi par le sang, uni par l'affection avant que vous l'eussiez porté à mal interpréter mes actions, j'ai courbé la tête sous vos injustices; j'ai envoyé vers des nuages étrangers les soupirs d'un Anglais, mangeant le pain amer de l'exil; tandis que vous vous engraissiez sur mes seigneuries, que vous renversiez les clôtures de mes parcs, que vous abattiez les arbres de mes forêts, que vous enleviez de mes fenêtres les armoiries de ma famille, que vous effaciez partout mes devises, ne laissant plus, si ce n'est dans la mémoire des hommes et dans ma race vivante, aucun indice qui pût prouver au monde que je suis un gentilhomme. C'est là ce que vous avez fait, et bien plus encore, bien plus que le double de tout ceci; et c'est ce qui vous condamne à mort.--Voyez à ce qu'on les livre aux exécuteurs et à la main de la mort.

Note 18: (retour)

> *You have in manner, with your sinful hours,*
> *Made a divorce betwixt his queen and him,*
> *Broke the possession of a royal bed.*

Ces vers ne paraissent pas précisément impliquer que ces favoris de Richard l'aient rendu infidèle à la reine, mais plutôt qu'ils l'ont entraîné dans des orgies de nuit. Rien d'ailleurs dans la pièce n'indique aucun tort de ce genre; Richard et sa femme sont au contraire représentés comme des époux très-unis, et même très-tendres.

BUSHY.--Le coup de la mort est mieux venu pour moi que ne l'est Bolingbroke pour l'Angleterre.--Milords, adieu.

GREEN.--Ce qui me console, c'est que le ciel recevra nos âmes, et punira l'injustice des peines de l'enfer.

BOLINGBROKE.--Lord Northumberland, veillez à leur exécution. (*Sortent Northumberland et plusieurs autres emmenant les prisonniers.*)--Ne dites-vous pas, mon oncle, que la reine est dans votre château? Au nom du ciel, ayez soin qu'elle soit bien traitée: Dites-lui que je lui envoie l'assurance de mes sentiments affectueux; ayez bien soin qu'on lui transmette mes compliments.

YORK.--J'ai dépêché un de mes gentilshommes, avec une lettre où je lui parle au long de votre affection pour elle.

BOLINGBROKE.--Merci, mon bon, mon cher oncle.--Allons, milords, partons pour combattre Glendower et ses complices: encore quelque temps à l'ouvrage; puis après, congé.

(Ils sortent.)

SCÈNE II

Les côtes du pays de Galles.--On aperçoit un château.

Fanfares, tambours et trompettes.--Entrent LE ROI RICHARD, L'ÉVÊQUE DE CARLISLE, AUMERLE, *des soldats.*

RICHARD.--N'est-ce pas Barkloughby que vous appelez ce château près duquel nous sommes?

AUMERLE.--Oui, mon prince.--Comment Votre Majesté se trouve-t-elle de respirer l'air, après avoir été secouée dernièrement sur les flots agités?

RICHARD.--Il doit nécessairement me plaire. Je pleure de joie de me retrouver encore une fois sur le sol de mon royaume.--Terre chérie, je te salue de ma main, quoique les rebelles te déchirent des fers de leurs chevaux. Comme une mère depuis longtemps séparée de son enfant se joue tendrement de ses larmes et sourit en le retrouvant, c'est ainsi que pleurant et souriant je te salue, ô mon pays, et te caresse de mes mains royales. Ma bonne terre, ne nourris pas l'ennemi de ton souverain! Ne répare pas, par tes douces productions, ses sens affamés! mais que tes araignées nourries de ton venin, tes crapauds à la marche lourde, se placent sur son chemin et blessent les pieds perfides qui te foulent de leurs pas usurpateurs. Ne cède à mes ennemis que des orties piquantes, et s'ils veulent cueillir une fleur sur ton sein, défends-la, je te prie, par un serpent caché, dont le double dard, par sa mortelle piqûre, lance le trépas sur les ennemis de ton souverain.--Ne riez point, milords, de me voir conjurer des êtres insensibles: cette terre prendra du sentiment, ces pierres se changeront en soldats armés, avant que celui qui naquit leur roi succombe sous les armes d'une odieuse rébellion.

L'ÉVÊQUE DE CARLISLE.--Ne craignez rien, seigneur. Le pouvoir qui vous a fait roi est assez fort pour vous maintenir roi en dépit de tous. Il faut embrasser les moyens que le ciel présente, et ne pas les négliger: autrement, si ce que le ciel veut, nous refusons de le vouloir, c'est refuser les offres du ciel et les moyens qu'il nous présente pour nous secourir et pour nous sauver.

AUMERLE.--Il veut dire, mon seigneur, que nous demeurons trop inactifs, tandis que Bolingbroke, par notre sécurité, s'agrandit et se fortifie en puissance et en amis.

RICHARD.--Sinistre cousin, ne sais-tu pas que lorsque l'oeil vigilant des cieux se cache derrière le globe et descend éclairer le monde qui est sous nos pieds, alors les voleurs et les brigands errent ici invisibles et sanglants, semant le meurtre et l'outrage? Mais dès que, ressortant de dessous le globe terrestre, il enflamme à l'orient la cime orgueilleuse des pins et lance sa lumière jusque dans les plus criminelles cavités, alors les meurtres, les trahisons, tous les forfaits détestés, dépouillés du manteau de la nuit, restent nus et découverts, et épouvantés d'eux-mêmes. Ainsi, dès que ce brigand, ce traître Bolingbroke, qui, pendant tout ce temps, s'est donné carrière dans la nuit, tandis que nous étions errants aux antipodes, nous verra remonter à l'orient notre trône, ses trahisons feront rougir son visage; et, hors d'état de soutenir la vue du jour, effrayé de lui-même, il tremblera de son crime. Toutes les eaux de la mer orageuse ne peuvent enlever du front d'un roi le baume dont il a reçu l'onction; le souffle d'une voix mortelle ne saurait déposer le député élu par le Seigneur. Contre chacun des hommes que Bolingbroke a rassemblés pour lever un fer menaçant contre notre couronne d'or, le Dieu des armées paye au ciel pour son Richard un ange resplendissant; et où combattent les anges, il faut que les faibles mortels succombent, car le ciel défend toujours le droit. (*Entre Salisbury.*)--Soyez le bienvenu, comte. A quelle distance sont vos troupes?

SALISBURY.--Ni plus près ni plus loin, mon gracieux souverain, que n'est ce faible bras. Le découragement maîtrise ma voix, et ne me permet que des paroles désespérantes. Un jour de trop, mon noble seigneur, a, je le crains bien, obscurci tous les jours heureux sur la terre. Oh! rappelle le jour d'hier, ordonne au temps de revenir, et tu auras encore douze mille combattants, mais ce jour, ce jour, ce malheureux jour, ce jour de trop a fait disparaître ton bonheur, tes amis, ta fortune et ta grandeur: tous les Gallois, sur le bruit de ta mort, sont allés joindre Bolingbroke, ou se sont dispersés et enfuis.

AUMERLE.--Prenez courage, mon souverain. Pourquoi Votre Seigneurie pâlit-elle ainsi?

RICHARD.--Il n'y a qu'un moment que le sang de vingt mille hommes triomphait dans mon visage, et ils ont tous fui! jusqu'à ce qu'il me soit revenu autant de sang, n'ai-je pas des raisons d'être pâle et d'avoir l'air mort? Tous ceux qui cherchent leur sûreté abandonnent mon parti: le temps a fait une tache à mon éclat.

AUMERLE.--Prenez courage, mon souverain, rappelez-vous qui vous êtes.

RICHARD.--Je m'oubliais moi-même. Ne suis-je pas roi? Réveille-toi, indolente majesté. Tu dors! Le nom de roi ne vaut-il pas quarante mille noms? Arme-toi, arme-toi, mon nom! un vil sujet s'attaque à ta grande gloire!--Ne baissez point les yeux, vous, favoris d'un roi. Ne sommes-nous pas grands? Que nos pensées soient grandes! Je sais que mon oncle York a des forces suffisantes pour suffire à nos besoins--Mais qui vois-je s'avancer vers nous?

(Entre Scroop.)

SCROOP.--Puisse-t-il advenir à mon souverain plus de santé et de bonheur que ma voix, montée à la tristesse, ne saurait lui en annoncer!

RICHARD.--Mon oreille est ouverte et mon coeur est préparé. Le pis que tu puisses m'apprendre est une perte temporelle. Dis, mon royaume est-il perdu? Eh bien! il faisait tout mon souci; et que perd-on à être délivré de soucis? Bolingbroke aspire-t-il à être aussi grand que nous? il ne sera jamais plus grand. S'il sert Dieu, nous le servirons aussi, et par là nous serons son égal. Nos sujets se révoltent-ils! Nous ne pouvons y remédier: ils violent leur foi envers Dieu comme envers nous. Crie-moi malheur, destruction, ruine, perte, décadence: le pis est la mort, et la mort aura son jour.

SCROOP.--Je suis bien aise de voir Votre Majesté si bien armée pour supporter les nouvelles de l'adversité. Telle qu'un jour de tempête hors de saison qui amène les rivières argentées à submerger leurs rivages, comme si l'univers se fondait en pleurs, telle s'enfle au delà de toute limite la fureur de Bolingbroke, couvrant vos États consternés d'un acier dur et brillant, et de coeurs plus durs que l'acier. Les barbes blanches ont armé de casques leurs crânes minces et chauves contre ta majesté; les enfants s'efforcent de grossir leur voix féminine, et renferment, par haine de ta couronne, leurs membres de femme sous des armes roides et pesantes; ceux même qui sont chargés de prier pour toi apprennent à bander leurs arcs d'if doublement fatal [12] pour s'en servir contre ta puissance. Même, les femmes, quittant leur quenouille, brandissent contre ton trône des serpes rouillées. Les jeunes et les vieux se révoltent; tout va plus mal que je ne puis vous le dire.

Note 19: (retour) ..... *Double-fatal yew.*

Doublement fatal par son bois propre à faire des arcs, et par les propriétés nuisibles de son feuillage.

RICHARD.--Tu ne m'as que trop bien, trop bien fait un si triste récit.--Où est le comte de Wiltshire? Où est Bagot? Qu'est devenu Bushy? Où est Green? Pourquoi ont-ils laissé ce dangereux ennemi mesurer ainsi nos frontières d'un pas tranquille?.... Si nous l'emportons, ils le payeront de leurs têtes.--Je vous garantis qu'ils ont fait leur paix avec Bolingbroke.

SCROOP.--Il est vrai, seigneur, ils ont fait leur paix avec lui.

RICHARD.--Traîtres! ah! vipères! damnés sans rédemption! chiens aisément amenés à ramper devant le premier venu! serpents réchauffés dans le sang de mon coeur, et qui me percent le coeur! trois Judas, chacun trois fois pire que Judas! Devaient-ils faire leur paix? Que pour ce crime le terrible enfer déclare la guerre à leurs âmes souillées!

SCROOP.--La tendre amitié, je le vois, lorsqu'elle change de nature, produit la plus amère et la plus mortelle haine.--Révoquez vos malédictions sur leurs âmes: ils ont fait leur paix en donnant leurs têtes, et non leurs mains; ceux que vous maudissez ont reçu le coup le plus cruel que puisse frapper la mort, et gisent assez bas ensevelis dans le sein de la terre.

AUMERLE.--Quoi! Bushy, Green et le comte de Wiltshire sont morts?

SCROOP.--Oui, ils ont tous perdu la tête à Bristol.

AUMERLE.--Où est le duc mon père avec ses troupes?

RICHARD.--N'importe où il est.... Que personne ne me parle de consolation. Entretenons-nous de tombeaux, de vers, d'épitaphes; que la poussière soit notre papier, et que la pluie qui coule de nos yeux écrive notre douleur sur le sein de la terre; choisissons nos exécuteurs testamentaires, et parlons de testaments. Et cependant non; car que pourrions-nous léguer sinon nos corps dépouillés à la terre? Nos possessions, notre vie, tout appartient à Bolingbroke, et il n'est plus rien que nous puissions dire à nous que la mort, et ce petit moule, fait d'une terre stérile, qui couvre nos os, comme une pâte. Au nom du ciel, asseyons-nous par terre, et racontons les tristes histoires de la mort des rois; comment quelques-uns ont été déposés, quelques-uns tués à la guerre, d'autres hantés par les fantômes de ceux qu'ils avaient dépossédés, d'autres empoisonnés par leurs femmes, d'autres égorgés en dormant; tous assassinés! La Mort tient sa cour dans le creux de la couronne qui ceint le front mortel d'un roi: c'est là que siége sa grotesque figure se riant de la grandeur du souverain, insultant à sa pompe: elle lui accorde un souffle de vie, une courte scène pour jouer le monarque, être craint et tuer de ses regards, l'enivrant d'une vaine opinion de lui-même, comme si cette chair qui sert de rempart à notre vie était d'un bronze impénétrable! Et après s'être amusée un moment, elle en vient au dernier acte, et d'une petite épingle elle perce le mur du château.... et adieu le roi.--Couvrez vos têtes, et n'insultez pas par ces profonds hommages la chair et le sang; rejetez loin de vous le respect, les traditions, l'étiquette, les devoirs cérémonieux. Vous m'avez méconnu jusqu'à présent: je vis de pain, comme vous, je sens comme vous le besoin, je suis atteint par le chagrin; j'ai besoin d'amis. Ainsi assujetti, comment pouvez-vous me dire que suis un roi?

L'ÉVÊQUE DE CARLISLE.--Seigneur, les hommes sages ne déplorent jamais les maux présents: ils emploient le présent à éviter d'en avoir d'autres à déplorer. Craindre votre ennemi, puisque la crainte accable la force, c'est donner par votre faiblesse des forces à votre ennemi; et par là votre folie combat contre vous-même.--Craignez et soyez tué!.... Il ne peut rien vous arriver de pis en combattant. Combattre et mourir, c'est la mort détruisant la mort; mourir en tremblant, c'est rendre lâchement à la mort le tribut de sa vie.

AUMERLE.--Mon père a des troupes: informez-vous où il est; et d'un seul membre apprenez à faire un corps.

RICHARD.--Tes reproches sont justes.--Superbe Bolingbroke, je viens pour échanger avec toi des coups dans ce jour qui doit nous juger. Cet accès de fièvre de terreur est tout à fait dissipé.--C'est une tâche aisée que de reprendre son bien.--Dis-moi, Scroop, où est notre oncle avec ses troupes? Homme, réponds-moi avec douceur, quoique tes regards soient sinistres.

SCROOP.--On juge par la couleur du ciel de l'état et des dispositions de la journée: ainsi pouvez-vous juger, par mon air sombre et abattu, que ma langue n'a à vous faire qu'un rapport plus triste encore. Je joue ici le rôle d'un bourreau, en allongeant ainsi peu à peu ce qu'il y a de pis et qu'il faut bien dire.--Votre oncle York s'est joint à Bolingbroke; tous vos châteaux du nord se sont rendus, et toute votre noblesse du midi est en armes pour sa cause.

RICHARD.--Tu en as dit assez. *(A Aumerle.)*--Malédiction sur toi, cousin, qui m'as éloigné de la bonne voie où j'étais pour trouver le désespoir! Que dites-vous à présent? quelle ressource nous reste-t-il à présent? Par le ciel, je haïrai éternellement quiconque m'exhortera davantage à prendre courage. Allons au château de Flint; j'y veux mourir de ma douleur. Un roi vaincu par le malheur doit obéir au malheur, son roi. Congédiez les troupes qui me restent, et qu'elles aillent labourer la terre qui leur offre encore quelques espérances: pour moi, je n'en ai point.--Que personne ne me parle de changer mon dessein: tout conseil serait vain.

AUMERLE.--Mon souverain, un mot.

RICHARD.--Celui dont la langue me blesse par ses flatteries me fait un double mal.--Licenciez ma suite, qu'ils s'en aillent. Qu'ils fuient de la nuit de Richard vers le jour brillant de Bolingbroke.

(Ils sortent.)

SCÈNE III

La scène est dans le pays de Galles, devant le château de Flint.

Entrent avec des tambours et des étendards BOLINGBROKE *et ses troupes,* YORK, NORTHUMBERLAND *et plusieurs autres.*

BOLINGBROKE.--Ainsi nous apprenons par cet avis que les Gallois sont dispersés, et que Salisbury est allé rejoindre le roi, qui vient de débarquer sur cette côte avec quelques-uns de ses amis particuliers.

NORTHUMBERLAND.--Voilà une bonne et agréable nouvelle, seigneur. Richard est venu cacher sa tête assez près d'ici.

YORK.--Il serait convenable que lord Northumberland voulût bien dire *le roi Richard*.--Hélas! quel triste jour que celui où le souverain sacré est obligé de cacher sa tête!

NORTHUMBERLAND.--Votre Grâce se méprend sur mes intentions: c'était pour abréger que j'avais omis le titre.

YORK.--Il fut un temps où, si vous aviez abrégé ainsi à son égard, il eût aussi abrégé avec vous en vous raccourcissant, pour tant de licence, de toute la longueur de votre tête.

BOLINGBROKE.--Mon oncle, ne prenez pas les choses plus mal que vous ne le devez.

YORK.--Et vous, mon cher neveu, ne prenez pas plus qu'il ne vous appartient, de peur de vous méprendre: le ciel est au-dessus de votre tête.

BOLINGBROKE.--Je le sais, mon oncle, et ne m'oppose point à ses volontés.--Mais qui s'avance vers nous? (*Entre Percy.*)--C'est vous, Henri! Eh bien, est-ce que ce château ne se rendra point?

PERCY.--Une force royale, milord, t'en défend l'entrée.

BOLINGBROKE.--Comment, royale? Il ne renferme point de roi?

PERCY.--Oui, milord, il renferme un roi: Le roi Richard est enfermé dans cette enceinte de ciment et de pierres; et avec lui sont lord Aumerle, lord Salisbury, sir Étienne Scroop, et de plus un ecclésiastique de sainte renommée: qui c'est, je n'ai pu le savoir.

NORTHUMBERLAND.--Il y apparence que c'est l'évêque de Carlisle.

BOLINGBROKE, *à Northumberland*.--Noble seigneur, approchez-vous des rudes flancs de cet antique château; que l'airain de la trompette transmette à ses oreilles ruinées la demande d'une conférence, et portez au roi ce message: «Henri de Bolingbroke, à deux genoux, baise la main du roi Richard, et envoie à sa personne royale l'hommage de son allégeance et de la fidélité loyale de son coeur. Je viens ici mettre à ses pieds mes armes et mes forces, pourvu que mon bannissement soit annulé, et que mes domaines me soient restitués libres de toutes charges: sinon, j'userai de l'avantage de ma puissance, et j'abattrai la poussière de l'été par une pluie de sang versée par les blessures des Anglais égorgés. Mais il est bien loin du coeur de Bolingbroke de vouloir que cette tempête pourpre vienne arroser le sein frais et verdoyant du beau royaume du roi Richard, et c'est ce que lui prouvera assez mon humble soumission.»--Allez, faites-lui entendre ceci, tandis que nous, nous avancerons sur le tapis de gazon de cette plaine. (*Northumberland s'avance vers le château avec un trompette.*)--Marchons sans faire entendre le bruit menaçant des tambours, afin que du haut des murs en ruine de ce château on puisse bien entendre nos honorables offres.--Il me semble que le roi Richard et moi nous devons nous rencontrer d'une manière aussi terrible que les éléments du feu et de l'eau, lorsque leurs tonnerres se rencontrant déchirent de leur choc le front nébuleux du firmament. Qu'il soit le feu, je serai l'eau docile; que la rage soit de son côté, tandis que je répandrai la pluie de mes eaux sur la terre, sur la terre, non sur lui. Marchons en avant, et observons quelle sera la contenance du roi Richard.

(La trompette sonne pour demander un pourparler, une autre trompette répond de l'intérieur de la forteresse.--Fanfare.--Richard paraît sur les remparts, suivi de l'évêque de Carlisle, d'Aumerle, de Scroop et de Salisbury.)

YORK.--Voyez, voyez: le roi Richard paraît lui-même, semblable au soleil rougissant et mécontent, lorsque, sortant du portail enflammé de l'orient, il voit les nuages jaloux s'avancer pour ternir sa gloire et obscurcir le cours de son brillant passage vers l'occident. Il a pourtant encore l'air d'un roi. Voyez: son oeil, aussi brillant que celui de l'aigle, lance les éclairs de la majesté souveraine. Hélas! hélas! malheur à nous si quelque mal venait à ternir un si noble aspect!

RICHARD, *à Northumberland*.--Nous sommes surpris, et nous nous sommes si longtemps arrêté pour attendre que ton genou respectueux fléchît devant nous parce que nous croyons être ton légitime souverain. Si nous le sommes, comment tes articulations osent-elles oublier de nous rendre l'hommage solennel que tu dois à notre présence? Si nous ne le sommes pas, montre-nous comment la main de Dieu nous a dépossédé des fonctions dont il nous avait revêtu; car nous savons que nulle main d'os et de sang ne peut saisir la poignée sacrée de notre sceptre, sans le profaner, le voler, ou l'usurper; et dussiez-vous penser que tous mes sujets ont comme vous violemment séparé leurs coeurs de notre cause, et que nous sommes abandonné et dénué d'amis, sachez que mon maître, le Dieu tout-puissant, assemble dans ses nuages en notre faveur des armées de pestes qui frapperont vos enfants encore à naître, encore non engendrés, parce que vous avez levé vos mains vassales contre ma tête, et menacé la gloire de ma précieuse couronne. Dis à Bolingbroke (car je crois le voir là-bas) que chaque pas qu'il fait dans mes États est une dangereuse trahison. Il vient ouvrir le rouge testament de la guerre sanglante: mais avant que la couronne où visent ses regards repose en paix sur sa tête, les couronnes ensanglantées des crânes de dix mille fils de bonnes mères dépareront dans sa fleur la face de l'Angleterre, changeront la blancheur du teint virginal de sa Paix en une rougeur d'indignation, et humecteront l'herbe de ses pâturages du sang des fidèles Anglais.

NORTHUMBERLAND.--Le roi des cieux nous préserve de voir le roi notre maître ainsi assailli par des armes à la fois concitoyennes et ennemies [20]! Ton trois fois noble cousin Henri Bolingbroke te baise humblement la main; et il jure par la tombe honorable qui recouvre les os de ton royal aïeul, par la royale noblesse de votre sang à tous deux, ruisseaux sortis d'une seule source très-précieuse, par le bras enseveli du belliqueux Gaunt, par sa propre valeur et son honneur personnel, serment qui comprend toutes les paroles et tous les serments, que son retour dans ce royaume n'a d'autre but que de réclamer son illustre héritage, et de te demander à genoux l'annulation immédiate de son arrêt d'exil. Dès qu'une fois Votre Majesté aura souscrit à sa demande, il abandonnera à la rouille ses armes brillantes, rendra ses chevaux armés en guerre à leurs écuries, et son coeur au fidèle service de Votre Majesté. Voilà ce qu'il jure, et, sur sa foi de prince, il promet de l'observer: et moi, j'en réponds comme gentilhomme.

Note 20: (retour)

> *Should so with civil and uncivil arms*
> *Be rush'd upon.*

Le jeu de mots entre *civil* et *uncivil* était impossible à reproduire dans le français, qui n'a pas conservé à *incivil* son sens propre.

RICHARD.--Northumberland, dis-lui: «Voici la réponse du roi: Son noble cousin est le bienvenu ici, et toutes ses justes demandes seront satisfaites sans contradiction;» et dans les termes les plus gracieux que tu possèdes, parle à son affection de mes tendres sentiments. *(A Aumerle.)*--Nous nous abaissons, cousin, n'est-il pas vrai, en montrant tant de faiblesse et en parlant avec tant de douceur? Rappellerons-nous Northumberland, et enverrons-nous un défi au traître, pour mourir ainsi?

AUMERLE.--Non, mon bon maître; combattons avec de bonnes paroles jusqu'à ce que le temps nous prête des amis, et ces amis le secours de leurs épées.

RICHARD.--O Dieu, ô Dieu! que ma bouche, qui a prononcé le terrible arrêt du bannissement contre cet homme hautain, le révoque aujourd'hui par des paroles si douces! Oh! que ne suis-je aussi grand que ma douleur, ou moins grand que mon nom! Que ne puis-je oublier ce que j'ai été, ou cesser de me rappeler ce que je suis à présent! Tu te gonfles, coeur superbe? Je te mettrai en liberté de battre, puisque mes ennemis ont la liberté de battre toi et moi.

AUMERLE.--Voilà Northumberland que Bolingbroke renvoie.

RICHARD.--Que doit faire le roi maintenant? Faut-il qu'il se soumette? le roi se soumettra. Faut-il qu'il soit déposé? le roi y consentira. Lui faut-il perdre le titre de roi? Au nom de Dieu, qu'on me l'ôte! Je changerai mes joyaux contre un chapelet, mes palais somptueux contre un ermitage, mes brillants vêtements contre la robe du mendiant, mes coupes ciselées pour un plat de bois, mon sceptre pour un bâton de pèlerin, tous mes sujets pour une couple de saints sculptés, et mon vaste royaume pour un petit tombeau, un petit, petit tombeau, un tombeau obscur! Ou peut-être serai-je enseveli sur quelque route royale, sur quelque chemin fréquenté où les pieds de mes sujets pourront à toute heure fouler la tête de leur souverain; car c'est mon coeur qu'ils foulent aux pieds, moi encore vivant; une fois enseveli, pourquoi ne fouleraient-ils pas ma tête?--Aumerle, tu pleures, mon cousin au coeur tendre! De nos larmes méprisées nous susciterons une tempête; elles et nos soupirs détruiront la moisson de l'été, et amèneront la famine dans cette terre révoltée; ou bien nous ferons-nous un jeu de nos maux, et prendrons-nous nos larmes pour le sujet de quelque joli pari, comme de les faire tomber sur un seul endroit jusqu'à ce qu'elles nous aient creusé deux tombeaux dans la terre, et que là, couchés tous deux, on y puisse graver: *Là gisent deux parents qui se sont creusé leur tombeau des larmes de leurs yeux?* Ce malheur n'aurait-il pas bonne grâce?--Allons, allons, je vois que je parle follement, et que tu te moques de moi--Très-puissant prince, milord Northumberland, que dit le roi

Bolingbroke? Sa Majesté veut-elle permettre à Richard de vivre jusqu'à ce que Richard meure?--Vous saluez; c'est-à-dire que Bolingbroke dit *oui*.

NORTHUMBERLAND.--Seigneur, il vous attend dans la cour basse pour conférer avec vous. Vous plaît-il de descendre?

RICHARD.--Je descends! je descends comme le brillant Phaéton hors d'état de gouverner des coursiers indociles! (*Northumberland se retire vers Bolingbroke.*) Dans la cour basse? c'est une cour basse que celle où les rois s'abaissent jusqu'à obéir à l'appel des traîtres, et à leur faire grâce! Dans la cour basse? Descendons! A bas, cour! à bas, roi! car les hiboux de la nuit font entendre leurs cris là où l'alouette devrait s'élever en chantant.

(Le roi et les lords se retirent des remparts.)

BOLINGBROKE, *à Northumberland.*--Que dit Sa Majesté?

NORTHUMBERLAND.--La tristesse et le chagrin de son coeur lui font dire des choses insensées comme un homme égaré. Cependant il vient.

(Entrent Richard et sa suite.)

BOLINGBROKE.--Tenez-vous tous à l'écart, et montrez un grand respect à Sa Majesté. (*Fléchissant un genou en terre.*)--Mon gracieux souverain....

RICHARD.--Beau cousin, vous abaissez votre genou de prince, en permettant à la vile terre l'orgueil de le baiser. J'aimerais mieux éprouver dans mon coeur l'effet de votre amitié que de sentir mes yeux blessés par vos respects. Levez-vous, cousin, levez-vous: votre coeur s'élève, je le sais, au moins à cette hauteur (*portant la main à sa tête*), bien que vos genoux s'abaissent.

BOLINGBROKE.--Mon gracieux souverain, je ne viens que pour réclamer mes biens.

RICHARD.--Vos biens sont à vous, et je suis à vous, et tout est à vous!

BOLINGBROKE.--Soyez à moi, mon très-redouté souverain, autant que mes fidèles services mériteront votre affection.

RICHARD.--Vous avez bien mérité.--Ils méritent de posséder ceux qui connaissent le moyen le plus sûr et le plus énergique d'obtenir.--Mon oncle, donnez-moi votre main: allons, séchez vos larmes. Les larmes prouvent l'amitié qui les excite, mais elles manquent du remède. (*A Bolingbroke.*)-- Cousin, je suis trop jeune pour être votre père, quoique vous soyez assez vieux pour être mon héritier. Ce que vous voulez avoir, je vous le donnerai, et même volontairement; car il faut faire de soi-même ce que la force nous contraint de faire.--Marchons vers Londres.--Le voulez-vous, cousin?

BOLINGBROKE.--Oui, mon bon seigneur.

RICHARD.--Alors je ne dois pas dire non.

(Fanfares.--Ils sortent.)

SCÈNE IV

La scène est à Langley dans le jardin du duc d'York.

Entrent LA REINE et DEUX DE SES DAMES.

LA REINE.--Quel jeu pourrions-nous imaginer dans ce jardin, pour écarter les accablantes pensées de mes soucis?

UNE DES DAMES.--Madame, nous pourrions jouer aux boules.

LA REINE.--Cela ferait songer que le monde est plein d'inégalités, et que ma fortune est détournée de sa route.

LA DAME.--Madame, nous danserons.

LA REINE.--Mes pieds ne peuvent danser en mesure avec plaisir lorsque mon pauvre coeur ne garde aucune mesure dans son chagrin: ainsi, mon enfant, point de danse; quelque autre jeu.

LA DAME.--Eh bien, madame, nous conterons des histoires.

LA REINE.--Tristes, ou joyeuses?

LA DAME.--L'une ou l'autre, madame.

LA REINE.--Ni l'une ni l'autre, ma fille: si elles me parlaient de joie, comme la joie me manque absolument, elles ne feraient que me rappeler davantage ma tristesse: si elles me parlaient de chagrin, comme le chagrin me possède complétement, elles ne feraient qu'ajouter plus de douleur encore à mon manque de joie. Je n'ai pas besoin de répéter ce que j'ai déjà; et ce qui me manque, il est inutile de s'en plaindre....

LA DAME.--Madame, je chanterai.

LA REINE.--Je suis bien aise que tu aies sujet de chanter; mais tu me plairais davantage si tu voulais pleurer.

LA DAME.--Je pleurerais, madame, si cela pouvait vous faire du bien.

LA REINE.--Je pleurerais aussi, moi, si cela pouvait me faire du bien, et je ne t'emprunterais pas une larme. Mais attends.--Voilà les jardiniers. (*Entrent un jardinier et deux garçons.*) Enfonçons-nous sous l'ombrage de ces arbres: je gagerais ma misère contre une rangée d'épingles qu'ils vont parler de l'État, car tout le monde en parle dans le moment d'une révolution. Les malheurs ont toujours le malheur pour avant-coureur.

(La reine et ses deux dames se retirent.)

LE JARDINIER.--Va, rattache ces branches pendantes d'abricotier qui, comme des enfants indisciplinés, font ployer leur père sous l'oppression de leur poids surabondant; quelque appui aux rameaux qui se courbent. Et toi, va comme un exécuteur abattre la tête de ces jets trop prompts à croître, et qui s'élèvent trop orgueilleusement au-dessus de notre république. Tout doit être de niveau dans notre gouvernement. Tandis que vous y travaillerez, moi je vais arracher ces herbes sauvages et nuisibles qui dérobent sans profit aux fleurs utiles les sucs féconds de la terre.

UN DES GARÇONS.--Pourquoi prétendrions-nous entretenir dans l'étendue de cette enceinte des lois, des formes, des proportions régulières, et montrer, comme un échantillon, un état solide, lorsque notre jardin, enclos par la mer, le pays entier est rempli de mauvaises herbes, que ses plus belles fleurs sont étouffées, que ses arbres fruitiers ne sont pas taillés; que ses clôtures sont ruinées, ses parterres en désordre, et ses plantes utiles dévorées par les chenilles?

LE JARDINIER.--Sois tranquille: celui qui a souffert tout ce désordre du printemps est arrivé à la chute des feuilles; les mauvaises herbes qu'il abritait au loin de son vaste feuillage, et qui le dévoraient en paraissant l'appuyer, sont arrachées, racine et tout, par Bolingbroke; je veux dire, le comte de Wiltshire, Green et Bushy.

LE GARÇON.--Comment? Est-ce qu'ils sont morts?

LE JARDINIER.--Ils sont morts, et Bolingbroke a saisi le roi dissipateur. Oh! quelle pitié qu'il n'ait pas soigné et cultivé son royaume comme nous ce jardin! Nous, dans la saison, nous blessons l'écorce, la peau de nos arbres fruitiers, de crainte que, regorgeant de sève et de sang, ils ne périssent de l'excès de leurs richesses. S'il en eût usé de même avec les grands et les ambitieux, ils auraient pu vivre pour porter, et lui pour recueillir leurs fruits d'obéissance. Nous élaguons toutes les branches superflues pour conserver la vie aux rameaux féconds: s'il en eût agi ainsi, il porterait encore la couronne qu'en dissipant follement les heures il a fait complétement tomber de sa tête.

LE GARÇON.--Quoi! vous croyez donc que le roi sera déposé?

LE JARDINIER.--Il est déjà vaincu, et il y a toute apparence qu'il sera déposé. La nuit dernière il est venu des lettres à un ami intime du bon duc d'York qui annoncent de tristes nouvelles.

LA REINE, *sortant du lieu où elle était cachée.*--Oh! je suis suffoquée jusqu'à mourir de mon silence:--Toi, vieille figure d'Adam, établie pour soigner ces jardins, comment ta langue brutale ose-t-elle redire ces fâcheuses nouvelles? Quelle Ève, quel serpent t'a suggéré de renouveler ainsi la chute de l'homme maudit? Pourquoi dis-tu que le roi Richard est déposé? Oses-tu, toi qui ne vaux guère mieux que de la terre, présager sa chute? Dis-moi, où, quand et comment as-tu appris ces mauvaises nouvelles? Parle, misérable que tu es.

LE JARDINIER.--Madame, pardonnez-moi; je n'ai guère de plaisir à répéter ces nouvelles, mais ce que je dis est la vérité. Le roi Richard est entre les mains puissantes de Bolingbroke; leurs fortunes à tous deux ont été pesées: dans le bassin de votre seigneur il n'y a que lui seul, et quelques frivolités qui le rendent léger; mais dans le bassin du grand Bolingbroke sont avec lui tous les pairs d'Angleterre, et avec ce surpoids il emporte le roi Richard. Rendez-vous à Londres, et vous trouverez les choses ainsi: je ne dis que ce que tout le monde sait.

LA REINE.--Agile adversité, toi qui marches d'un pied si léger, n'est-ce pas à moi qu'appartenait ton message? Et je suis la dernière à en être informée? Oh! tu as soin de me servir la dernière afin que je conserve plus longtemps tes douleurs dans mon sein.--Venez, mes dames; allons trouver à Londres le roi de Londres dans l'infortune.--O ciel! étais-je née pour que ma tristesse embellît le triomphe du grand Bolingbroke?--Jardinier, pour m'avoir annoncé ces nouvelles de malheur, je voudrais que les plantes que tu greffes ne poussassent jamais.

(Elle sort avec ses dames.)

LE JARDINIER.--Pauvre reine? pour que ta situation n'empirât pas, je consentirais à ce que mes travaux subissent l'effet de ta malédiction.--Là, elle a laissé tomber une larme; je veux y planter une rue, l'amère herbe de grâce; la rue, qui exprime la compassion [21], croîtra bientôt ici en souvenir d'une reine qui pleurait.

(Ils sortent.)

Note 21: (retour) *Rue, even for ruth.*

«*Rue*, qui veut dire la même chose que *ruth.*» *Ruth* (compassion), vient en effet de *to rue* (déplorer). On appelait la rue l'herbe de grâce, parce qu'elle servait d'aspersoir pour l'eau bénite.

FIN DU TROISIÈME ACTE.

ACTE QUATRIÈME

SCÈNE I

A Londres.--La salle de Westminster.

Les lords spirituels à la droite du trône, les lords temporels à la gauche, les communes au bas.

Entrent BOLINGBROKE, AUMERLE, NORTHUMBERLAND, PERCY, SURREY, FITZWATER, UN AUTRE LORD, L'ÉVÊQUE DE CARLISLE, L'ABBÉ DE WESTMINSTER, *suite;--viennent ensuite des officiers conduisant* BAGOT.

BOLINGBROKE.--Qu'on fasse avancer Bagot.--Allons, Bagot, parle librement et dis ce que tu sais de la mort du noble Glocester. Qui l'a tramée avec le roi, et qui a exécuté le sanglant office de sa mort prématurée?

BAGOT.--Alors faites paraître devant moi le lord Aumerle.

BOLINGBROKE.--Cousin, avancez, et regardez cet homme.

BAGOT.--Lord Aumerle, je sais que votre langue hardie dédaigne de désavouer ce qu'elle a une fois prononcé. Dans ces temps d'oppression où l'on complota la mort de Glocester, je vous ai entendu dire: «Mon bras n'est-il pas assez long pour atteindre, du sein de la tranquille cour d'Angleterre jusqu'à Calais, la tête de mon oncle?» Parmi plusieurs autres propos que vous avez tenus dans ce temps-là même, je vous ai ouï dire que vous refuseriez l'offre de cent mille couronnes <u>22</u> plutôt que de consentir au retour en Angleterre de Bolingbroke; ajoutant encore que la mort de votre cousin serait un grand bonheur pour le pays.

Note 22: (retour) Monnaie d'or.

AUMERLE.--Princes, et vous, nobles seigneurs, quelle réponse dois-je faire à cet homme de rien? Faudra-t-il que je déshonore l'étoile illustre de ma naissance jusqu'à le châtier comme un égal? Il le faut cependant, ou consentir à voir mon honneur flétri par l'accusation de sa bouche calomnieuse.--Voilà mon gage, le sceau par lequel ma main te dévoue à la mort, et qui te marque pour l'enfer.--Je dis que tu en as menti; et je soutiendrai que ce que tu dis est faux, aux dépens du sang de ton coeur, bien qu'il soit trop vil pour que je dusse en ternir l'éclat de mon épée de chevalier.

BOLINGBROKE.--Arrête; Bagot, je te défends de le relever.

AUMERLE.--Hors un seul homme, je voudrais que ce fût le plus illustre de l'assemblée qui m'eût ainsi défié.

FITZWATER.--Si ta valeur tient à la sympathie [23], voilà mon gage, Aumerle, que j'oppose au tien. Par ce beau soleil qui me montre où tu es, je t'ai entendu dire, et tu t'en faisais gloire, que tu étais la cause de la mort du noble Glocester. Si tu le nies, tu en as vingt fois menti; et avec la pointe de ma rapière je ferai rentrer ton mensonge dans le coeur où il a été forgé.

Note 23: (retour) ...... *Stand on sympathies.*

AUMERLE.--Lâche, tu n'oserais vivre assez pour voir cette journée.

FITZWATER.--Par mon âme, je voudrais que ce fût à l'heure même.

AUMERLE.--Fitzwater, tu viens de dévouer ton âme à l'enfer.

PERCY.--Tu mens, Aumerle: son honneur est aussi pur dans ce défi qu'il est vrai que tu es déloyal; et pour preuve que tu l'es, je jette ici mon gage, prêt à le soutenir contre toi jusqu'à la dernière limite de la respiration. Relève-le si tu l'oses.

AUMERLE.--Si je ne le relève pas, puissent mes mains se pourrir, et ne plus jamais brandir un fer vengeur sur le casque étincelant de mon ennemi.

UN AUTRE LORD.--Je te défie de même sur le terrain, parjure Aumerle, et je te provoque par autant de démentis que j'en pourrais crier à tes oreilles perfides depuis un soleil jusqu'à l'autre. Voilà le gage de mon honneur; mets-le à l'épreuve si tu l'oses.

AUMERLE.--Qui en est encore? Par le ciel, je répondrai à tous: j'ai dans un seul coeur mille courages pour faire tête à vingt mille comme vous.

SURREY.--Lord Fitzwater, je me rappelle très-bien le jour où Aumerle et vous vous entretîntes ensemble.

FITZWATER.--Il est vrai; milord, vous étiez présent, et vous pouvez témoigner comme moi que ce que je dis est vrai.

SURREY.--Cela est aussi faux, par le ciel, que le ciel lui-même est sincère.

FITZWATER.--Surrey, tu en as menti.

SURREY.--Enfant sans honneur, ce démenti pèsera si lourdement sur mon épée, qu'il en sera tiré revanche et vengeance jusqu'à ce que toi qui m'as donné le démenti et ton démenti [24] gisiez vous la terre, aussi, tranquilles que le crâne de ton père; et pour preuve, voilà mon gage d'honneur: mets-le à l'épreuve.

Note 24: (retour)

That lie shall lie so heavy on my sword

Till thou the lie giver and that lie do lie.

Jeux de mots impossibles à rendre en français, même par des équivalents.

FITZWATER.--Comme tu te plais follement à exciter un cheval emporté! De même que j'ose manger, boire, respirer et vivre, j'oserai affronter Surrey dans un désert, et lui cracher au visage en lui disant qu'il en a menti, et qu'il a menti, et qu'il en a menti. Voilà qui engage ma foi à t'obliger de recevoir ma vigoureuse correction.--Comme j'espère prospérer dans ce monde nouveau pour moi, Aumerle est coupable de ce que lui reproche mon loyal défi; de plus, j'ai ouï dire au banni Norfolk, que c'est toi, Aumerle, qui as envoyé deux de tes gens à Calais pour assassiner le noble duc.

AUMERLE.--Que quelque honnête chrétien me confie un gage pour prouver que Norfolk ment. Je jette ceci, dans le cas où Norfolk serait rappelé pour défendre son honneur.

BOLINGBROKE.--Tous ces défis resteront en suspens jusqu'au retour de Norfolk: il sera rappelé; et quoiqu'il soit mon ennemi, il sera rétabli dans tous ses biens et seigneuries, et à son arrivée nous le forcerons de justifier son honneur contre Aumerle.

L'ÉVÊQUE DE CARLISLE.--Jamais on ne verra ce jour honorable.-- Norfolk, banni, a combattu bien des fois pour Jésus-Christ; il a porté dans les champs glorieux des chrétiens l'étendard de la croix chrétienne contre les noirs païens, les Turcs et les Sarrasins. Fatigué de travaux guerriers, il s'est retiré en Italie; et là, à Venise, il a rendu son corps à la terre de ces belles contrées, et son âme pure à Jésus-Christ son chef, sous les drapeaux duquel il avait combattu si longtemps.

BOLINGBROKE.--Quoi, prélat, Norfolk est mort?

L'ÉVÊQUE DE CARLISLE.--Aussi sûrement que je vis, milord.

BOLINGBROKE.--Qu'une heureuse paix conduise sa belle âme dans le sein du bon vieil Abraham!--Seigneurs appelants, vos défis resteront tous en suspens jusqu'à ce que nous vous assignions le jour du combat.

(Entre York avec sa suite.)

YORK.--Puissant duc de Lancastre, je viens vers toi de la part de Richard, dépouillé de ses plumes, qui t'adopte d'un coeur satisfait pour son héritier, et met tes mains royales en possession de son auguste sceptre. Monte sur le trône que tu hérites aujourd'hui de lui, et vive Henri, le quatrième du nom!

BOLINGBROKE.--C'est au nom de Dieu que je monte sur le trône royal.

L'ÉVÊQUE DE CARLISLE.--Que Dieu vous en préserve!--Je parlerai mal en votre royale présence; mais c'est à moi qu'il convient le mieux de dire la vérité. Plût à Dieu qu'il y eût dans cette noble assemblée un homme assez noble pour être le juge impartial du noble Richard: alors la vraie noblesse lui apprendrait à éviter une injustice aussi odieuse! Quel sujet peut prononcer l'arrêt de son roi? et qui de ceux qui siégent ici n'est pas sujet de Richard? Les voleurs ne sont jamais jugés sans être entendus, quelque évidente que soit en eux l'apparence du crime; et l'image de la majesté de Dieu, son lieutenant, son fondé de pouvoirs, son député choisi, oint, couronné et maintenu sur le trône depuis tant d'années, sera jugé par des bouches sujettes et inférieures, et cela sans même être présent! O Dieu! ne permets pas que dans un pays chrétien, des âmes civilisées donnent l'exemple d'un attentat si odieux, si noir, si indécent! Je parle à des sujets, et c'est un sujet qui parle, animé par le ciel pour prendre hardiment la défense de son roi. Milord d'Hereford, qui est ici présent, et que vous appelez roi, est un insigne traître au roi du superbe Hereford: si vous le couronnez, je vous prédis que le sang anglais engraissera la terre, et que les générations futures payeront de leurs gémissements cet horrible forfait. La paix ira dormir chez les Turcs et les infidèles; et dans ce séjour de la paix, des guerres tumultueuses confondront les familles contre les familles, les parents contre les parents; le désordre, l'horreur, la crainte et la révolte habiteront parmi vous; et cette terre sera nommée le champ de Golgotha et la place des crânes des morts. Oh! si vous élevez cette maison contre cette maison, il en résultera les plus désastreuses divisions qui jamais aient désolé ce monde maudit. Empêchez cela, résistez; qu'il n'en soit pas ainsi, de peur que vos enfants et les enfants de vos enfants ne crient sur vous: Malédiction!

NORTHUMBERLAND.--Vous avez parlé à merveille, monsieur; et pour votre peine, nous vous arrêtons ici comme coupable de haute trahison.--Lord Westminster, chargez-vous de veiller sur sa personne jusqu'au jour de son procès.--Vous plaît-il, milords, d'accorder aux communes leur requête?

BOLINGBROKE.--Qu'on introduise ici Richard, afin qu'il abdique publiquement: alors nous procéderons à l'abri de tout soupçon.

YORK.--Je vais me charger de l'amener.

(Il sort.)

BOLINGBROKE.--Vous, seigneurs, qui êtes ici arrêtés par nos ordres, donnez vos cautions de vous représenter au jour où vous serez sommés de répondre. (*A l'évêque de Carlisle:*)--Nous devons peu à votre affection pour nous, et nous comptions peu sur votre secours.

(Rentre York avec le roi Richard et des officiers portant la couronne.)

RICHARD.--Hélas! pourquoi m'oblige-t-on de me rendre aux ordres d'un roi avant que j'aie pu secouer encore les pensées royales qui ont accompagné mon règne! Je n'ai pu encore apprendre à insinuer, à flatter, à me courber, à fléchir le genou. Donnez au chagrin quelque temps pour m'instruire à la soumission.--Cependant, je n'ai point encore oublié la figure de ces hommes... Ne furent-ils pas à moi? ne m'ont-ils pas crié parfois: Salut? C'est ce que Judas fit à Jésus-Christ; mais lui, sur douze, il trouva la fidélité chez tous, sauf un seul; et moi, sur douze mille, je n'en trouve chez aucun.--Dieu sauve le roi!--Quoi! personne ne dira: *Amen?* serai-je à la fois le prêtre et le clerc? Eh bien, *amen*, Dieu sauve le roi, quoique ce ne soit pas moi; et *amen* encore si le ciel pense que c'est moi.--Pour rendre quel service m'amène-t-on ici?

YORK.--Pour accomplir ce que de ta libre volonté ta grandeur fatiguée t'a porté à offrir, la cession de ta puissance et de la couronne à Henri Bolingbroke.

RICHARD.--Donne-moi la couronne.--Cousin, la voilà; prends la couronne: ma main de ce côté-ci; la tienne de ce côté-là.--Maintenant cette couronne d'or ressemble à un puits profond... renfermant deux seaux qui se remplissent l'un l'autre, toujours le vide se balance dans l'air, tandis que l'autre est au bas, caché et plein d'eau: le seau d'en bas est rempli de larmes; c'est moi qui m'abreuve de ma douleur, tandis que vous vous élevez en haut.

BOLINGBROKE.--J'avais cru que vous abdiquiez de bon gré.

RICHARD.--Ma couronne, oui; mais mes chagrins me restent toujours. Vous pouvez me déposer de mes titres et de ma grandeur, mais non pas de mes chagrins; j'en suis toujours le roi.

BOLINGBROKE.--Vous me donnez une partie de vos soucis avec votre couronne.

RICHARD.--Vos soucis en croissant ne diminuent pas les miens: mes soucis viennent de la perte des soucis qui ont fait longtemps mon souci. Votre souci est le souci de gagner, causé par de nouveaux soucis. Les soucis que je vous cède, je les ai toujours après les avoir cédés: ils suivent la couronne; et cependant ils ne me quitteront point.

BOLINGBROKE.--Êtes-vous satisfait de renoncer à la couronne?

RICHARD.--Oui, non... non, oui <u>25</u>; car je ne dois être rien. Par conséquent, non, car je te résigne ce que je suis.--Maintenant, voyez comment je me dépouille moi-même. Je décharge ma tête de ce lourd fardeau, et mon bras de ce sceptre pesant; j'arrache de mon coeur l'orgueil du pouvoir royal; j'efface de mes larmes l'onction que j'ai reçue, je donne ma couronne de mes propres mains; j'abjure de ma propre bouche ma grandeur sacrée, et ma propre voix délie tous mes sujets de leurs serments d'obéissance; je renonce solennellement à toute pompe et à toute majesté; j'abandonne tous mes manoirs, domaines, revenus; je rétracte tous mes actes, décrets et statuts. Que Dieu pardonne tous les serments violés envers moi! Que Dieu conserve inviolables, tous les serments qu'on te fait! qu'il m'ôte tout regret, à moi qui ne possède plus rien; et qu'il te contente en tout, toi qui as tout acquis! Puisses-tu vivre longtemps assis sur le trône de Richard! Puisse Richard descendre bientôt dans le sein de la terre! Dieu conserve le roi Henri et qu'il lui envoie de longues années de jours radieux! Ainsi dit Richard, qui n'est plus roi. Que faut-il de plus?

Note 25: (retour) *Ay, no, no, ay, for I must nothing be.* Vous me demandez si je suis satisfait, comme je ne dois être rien, je ne puis être satisfait, c'est donc: oui et non, non et oui. *Ay, no. No, ay.*

NORTHUMBERLAND *lui présente un écrit.*--Rien que de lire vous-même ces accusations, ces crimes terribles commis par votre personne et par vos adhérents contre la gloire et les intérêts du pays, afin que, d'après vos aveux, les âmes des hommes puissent croire que vous êtes justement déposé.

RICHARD.--Faut-il que je fasse cela, et faut-il que je démêle péniblement le tissu de mes égarements? Cher Northumberland, si tes fautes étaient écrites, ne serais-tu pas honteux d'en faire la lecture devant une si brillante assemblée? Si tu la faisais, tu y trouverais un article bien odieux... celui qui contiendrait la déposition d'un roi, et la violente lacération du puissant contrat des serments, crime marqué de noir et condamné dans le livre du ciel.--Et vous tous qui restez là à me regarder pris au piége par ma propre misère (bien que quelques-uns de vous, avec Pilate, en lavent leurs mains et affectent une pitié extérieure), tout Pilate que vous êtes, vous m'avez abandonné aux amertumes de ma croix, et l'eau ne saurait laver votre péché.

NORTHUMBERLAND.--Seigneur, hâtez-vous: lisez ces articles.

RICHARD.--Mes yeux sont pleins de larmes, je ne peux voir; et cependant l'eau salée ne les aveugle pas tant que je ne voie bien encore une troupe de traîtres ici. Eh quoi! si je tourne mes regards sur moi-même, j'y vois un traître comme les autres, car j'ai donné ici le consentement de ma volonté pour dépouiller la majestueuse personne d'un roi, avilir sa gloire, changer le souverain en esclave, faire de la majesté un sujet, et de la grandeur royale un paysan.

NORTHUMBERLAND.--Seigneur!

RICHARD.--Je ne suis pas ton seigneur, homme hautain et arrogant; je ne suis le seigneur de personne; je n'ai point de nom, point de titre, pas même le nom qui me fut donné sur les fonts baptismaux, qui ne soit usurpé.--O jour malheureux! que j'aie vu tant d'hivers, et que je ne sache de quel nom m'appeler aujourd'hui! Oh! que ne suis-je une figure de roi en neige exposé au soleil de Bolingbroke, pour me fondre en gouttes d'eau!--Bon roi... grand roi (et cependant non pas grandement bon), si ma parole vaut encore quelque chose en Angleterre, qu'à mon ordre on m'apporte sur-le-champ un miroir, afin qu'il me montre quel air a mon visage depuis qu'il a fait faillite de sa majesté royale.

BOLINGBROKE.--Allez, quelqu'un; qu'on apporte un miroir.

(Sort un homme de suite.)

NORTHUMBERLAND.--Lisez cet écrit pendant qu'on va chercher le miroir.

RICHARD.--Démon, tu me tourmentes avant que je sois en enfer.

BOLINGBROKE.--Lord Northumberland, n'insistez plus.

NORTHUMBERLAND.--Alors les communes ne seront pas satisfaites.

RICHARD.--Elles seront satisfaites: j'en lirai assez lorsque je verrai le véritable livre où tous mes péchés sont inscrits; ce livre c'est moi-même. (*On apporte un miroir.*)--Donnez-moi ce miroir; c'est là que je veux lire.--Quoi! ces rides ne sont pas plus profondes? Quoi! la douleur a frappé tant de coups sur ce visage, et n'y a pas fait des plaies plus profondes? O miroir flatteur, tu fais comme mes courtisans au temps de ma prospérité, tu me trompes! Est-ce là le visage de celui qui sous le toit de sa demeure entretenait chaque jour dix mille personnes? Est-ce là ce visage qui, comme le soleil, faisait cligner les yeux à ceux qui le contemplaient? Est-ce là le visage qui a soutenu tant de folie, et qui a été à la fin éclipsé par Bolingbroke? C'est une gloire fragile que celle qui brille sur ce visage, et ce visage est aussi fragile que la gloire (*il jette contre terre le miroir qui se brise*), car le voilà brisé en mille éclats.--Fais attention, roi silencieux, à la moralité de ce jeu.--Comme mon chagrin a vite détruit mon visage!

BOLINGBROKE.--L'image de votre chagrin a détruit l'image de votre figure.

RICHARD.--Répétez-moi cela: «d'image de votre chagrin?» Ah! voyons: oui, cela est vrai, mon chagrin est tout entier au dedans, et ces formes extérieures de deuil ne sont que des ombres du chagrin caché qui se gonfle en silence dans l'âme torturée. C'est là que vit le chagrin lui-même; et je te remercie, roi, de ta grande bonté, qui non-seulement me donne sujet de gémir, mais m'apprend de quelle manière je dois gémir.--Je ne vous demanderai plus qu'une grâce, et après je me retire; je ne vous importunerai plus: l'obtiendrai-je?

BOLINGBROKE.--Nommez-la, beau cousin.

RICHARD.--Beau cousin! Eh quoi! je suis plus grand qu'un roi; car, lorsque j'étais roi, je n'étais flatté que par des sujets; et maintenant que je ne suis plus qu'un sujet, j'ai ici un roi pour flatteur. Puisque je suis si grand, je n'ai pas besoin de demander de grâce.

BOLINGBROKE.--Demandez toujours.

RICHARD.--Et l'obtiendrai-je?

BOLINGBROKE.--Vous l'obtiendrez.

RICHARD.--Eh bien, donnez-moi la permission de m'en aller.

BOLINGBROKE.--Où?

RICHARD.--Où vous voudrez, pourvu que je sois loin de votre vue.

BOLINGBROKE.--Allez, quelques-uns de vous: qu'on le conduise à la Tour.

RICHARD.--Oh! vous êtes très-bons pour me conduire [26]; vous êtes tous des gens de conduite, vous qui savez si lestement vous élever sur la chute d'un roi légitime.

(Sortent Richard, quelques-uns des lords et une garde.)

Note 26: (retour) *O good! convey, conveyors are you all.*
Convey, conveyor, signifie aussi escamoter, escamoteur. Il était impossible de donner un sens en français à cette plaisanterie en traduisant littéralement.

BOLINGBROKE.--C'est à mercredi prochain que nous fixons le jour de notre couronnement. Seigneurs, préparez-vous.

(Tous sortent, excepté l'abbé de Westminster, l'évêque de Carlisle, Aumerle.)

L'ABBÉ DE WESTMINSTER.--Nous avons vu là une triste cérémonie.

L'ÉVÊQUE DE CARLISLE.--La tristesse est à venir: les enfants qui ne sont pas encore nés sentiront ce jour les déchirer comme une épine.

AUMERLE.--Vous, saints ecclésiastiques, dites-nous, n'est-il point de moyen pour délivrer le royaume de cette pernicieuse souillure?

L'ABBÉ DE WESTMINSTER.--Avant que je vous explique librement ma pensée, il faudra que vous vous engagiez par serment, non-seulement à tenir mes projets ensevelis, mais à exécuter tout ce que je pourrai imaginer.--Je vois que vos regards sont remplis de mécontentement, vos coeurs de chagrin, et vos yeux de larmes. Venez souper chez moi, et je préparerai un plan qui nous ramènera à tous des jours de bonheur.

(Ils sortent.)

FIN DU QUATRIÈME ACTE.

ACTE CINQUIÈME

SCÈNE I

Une des rues conduisant à la Tour.

Entrent LA REINE *et ses dames.*

LA REINE.--C'est par cette rue que le roi va passer: voilà le chemin de cette Tour qu'à la maleheure a bâtie Jules César [27], et dont le sein de pierre devient, par arrêt de l'orgueilleux Bolingbroke, la prison de mon seigneur condamné.--Reposons-nous ici, si cette terre rebelle a encore un lieu de repos pour la reine de son légitime souverain! (*Entre le roi Richard conduit par des gardes.*) Mais paix; ah! que je voie... ou plutôt ne voyons pas se flétrir ma belle rose. Et cependant, levons les yeux, regardons-le, afin que la pitié nous dissolve en rosée pour lui rendre sa fraîcheur en l'arrosant des larmes du fidèle amour.--O toi, l'image des lieux où fut la vieille Troie, carte d'honneur, tombeau du roi Richard et non plus le roi Richard, toi la plus belle des demeures, pourquoi faut-il que le chagrin au sombre visage habite chez toi, tandis que le succès triomphant s'est logé dans un cabaret?

Note 27: (retour) La tradition en Angleterre attribue à César l'érection de la Tour de Londres.

RICHARD.--Femme charmante, ne te ligue pas avec ma douleur, je t'en prie, pour me faire mourir trop promptement. Apprends, bonne âme, à tenir notre ancienne fortune comme un songe heureux dont nous nous réveillons pour voir dans l'état où nous sommes réduits la vérité de ce que nous sommes. Me voilà, ma douce amie, devenu l'inséparable frère de la hideuse nécessité; elle et moi nous sommes liés jusqu'à la mort.--Retire-toi en France, et va te cloîtrer dans quelque maison religieuse: il faut qu'une sainte vie nous gagne dans un monde nouveau la couronne que nos heures profanes ont abattue ici.

LA REINE.--Quoi! l'âme de mon Richard est-elle donc changée et affaiblie comme sa personne? Bolingbroke a-t-il aussi déposé ta raison? est-il entré dans ton coeur? Le lion mourant avance encore la griffe, et, dans la rage de se voir dompté, déchire la terre s'il ne peut atteindre autre chose; et toi, subiras-tu patiemment la correction comme un écolier? Baiseras-tu la verge? flatteras-tu avec une basse humilité la fureur de tes ennemis, toi qui es un lion et le roi des animaux?

RICHARD.--Oui, roi des animaux: si j'avais gouverné autre chose que des animaux, je régnerais encore heureux sur les hommes.--Ma bien-aimée, autrefois reine, prépare-toi à partir pour la France; suppose que je suis mort, et qu'ici, dans cet instant; tu reçois de moi, comme de mon lit de mort, mon dernier adieu de vivant. Dans les ennuyeuses soirées de l'hiver, assise auprès d'un foyer avec quelques bons vieillards, fais-toi raconter les histoires des siècles malheureux passés depuis longtemps; et avant de leur souhaiter le bonsoir, pour acquitter ta part de douleurs, dis-leur ma lamentable chute, et renvoie tes auditeurs pleurants à leurs lits.--Eh quoi! aux tristes accents de ta voix touchante, les insensibles tisons eux-mêmes, émus de sympathie, éteindront le feu sous les larmes de leur compassion; et les uns sous leurs cendres, les autres, noirs comme le charbon, pleureront la déposition d'un roi légitime.

(Entrent Northumberland et une suite.)

NORTHUMBERLAND.--Seigneur, les intentions de Bolingbroke sont changées: c'est à Pomfret, et non à la Tour, qu'il faut vous rendre.--Et vous, madame, je suis aussi chargé d'ordres pour vous: il vous faut partir sans délai pour la France.

RICHARD.--Northumberland, toi l'échelle au moyen de laquelle l'ambitieux Bolingbroke monte sur mon trône, le temps n'aura pas vieilli d'un grand nombre d'heures avant que ton odieux péché, se grossissant de sa propre matière, n'éclate en pourriture. Quand Bolingbroke partagerait son royaume et t'en donnerait la moitié, tu penseras que c'est trop peu pour l'avoir aidé à s'emparer du tout; et lui, il pensera que toi qui sais le moyen d'établir les rois illégitimes, tu sauras aussi, sous le moindre prétexte, trouver un autre moyen de le renverser la tête la première de son trône usurpé. L'attachement des amis pervers se convertit en défiance, la défiance en haine; et la haine conduit l'un, ou tous deux ensemble, à de justes périls et à une mort méritée.

NORTHUMBERLAND.--Que mon crime retombe sur ma tête, et que tout finisse là. Faites-vous vos adieux et séparez-vous, car il faut vous quitter sur l'heure.

RICHARD.--Accablé d'un double divorce! Méchants hommes, vous violez une double union; d'abord entre ma couronne et moi, et puis entre moi et la femme que j'ai épousée.--Délions par un baiser le serment qui subsiste entre toi et moi: et cependant cela ne se peut, car il fut consacré par un baiser [28].--Sépare-nous, Northumberland: moi pour aller vers le nord, où le froid transi et la maladie font languir le pays; ma femme pour aller en France, d'où elle est venue avec pompe et parée comme le doux mois de mai, et où elle est renvoyée comme la Toussaint, ou comme le jour le plus court.

Note 28: (retour) C'était alors l'usage de consacrer, à l'église même, l'union nuptiale par un baiser.

LA REINE.--Eh quoi! faut-il qu'on nous sépare? faut-il nous quitter?

RICHARD.--Oui, ma bien-aimée, ta main de ma main, et ton coeur de mon coeur.

LA REINE.--Bannissez-nous tous deux, et renvoyez le roi avec moi.

NORTHUMBERLAND.--Il y aurait à cela quelque bonté, mais peu de politique.

LA REINE.--Eh bien, là où il va, laissez-moi y aller aussi.

RICHARD.--Pleurant ainsi tous deux ensemble, nous ne ferions qu'une seule douleur. Pleure pour moi en France, je pleurerai ici pour toi: il vaut mieux être loin l'un de l'autre, que réunis pour n'être jamais plus heureux [29]. Va, compte tes pas par tes soupirs, et moi les miens par mes gémissements.

Note 29: (retour) *Be never the near,* n'avoir rien gagné, n'être jamais plus près de ce qu'on désire.

LA REINE.--Ainsi le chemin plus long fournira les plus longues plaintes.

RICHARD.--Je pousserai deux gémissements à chaque pas puisque mon chemin est court, et je l'allongerai par le poids que j'ai sur le coeur. Allons, allons, ne faisons pas plus longtemps la cour à la douleur, puisqu'une fois qu'on l'a épousée la douleur dure si longtemps. Qu'un baiser nous ferme la bouche, et séparons-nous en silence. (*Ils s'embrassent.*) Dans ce baiser je te donne mon coeur, et je prends le tien.

LA REINE.--Rends-moi le mien: c'est un triste rôle que de prendre ton coeur pour le tuer. (*Ils s'embrassent encore une fois.*) Maintenant que j'ai repris le mien, va-t'en; que je puisse m'efforcer de le tuer d'un seul gémissement.

RICHARD.--Nous jouons avec le malheur dans ces tendres délais. Encore une fois, adieu: que la douleur dise le reste.

(Ils sortent.)

SCÈNE II

La scène est toujours à Londres.--Un appartement dans le palais du duc d'York.

Entrent YORK et LA DUCHESSE D'YORK.

LA DUCHESSE D'YORK.--Milord, vous m'aviez promis de m'achever le récit de l'entrée de nos deux cousins dans Londres, lorsque vos larmes vous ont forcé de l'interrompre.

YORK.--Où en suis-je resté?

LA DUCHESSE D'YORK.--A ce triste moment où des mains brutales et insolentes jetaient, du haut des fenêtres, de la poussière et des ordures sur la tête du roi Richard.

YORK.--Alors, comme je vous l'ai dit, le duc, le grand Bolingbroke, monté sur un bouillant et fougueux coursier qui semblait connaître son ambitieux maître, poursuivait sa marche à pas lents et majestueux, tandis que toutes les voix criaient: «Dieu te garde, Bolingbroke!» Vous auriez cru que les fenêtres parlaient, tant s'y pressaient les figures de tout âge, jeunes et vieilles, pour lancer à travers les ouvertures d'avides regards sur le visage de Bolingbroke: on eût dit que toutes les murailles, chargées d'images peintes, répétaient à la fois: «Jésus te conserve! sois le bienvenu, Bolingbroke!» tandis que lui, se tournant de côté et d'autre, la tête découverte et courbée plus bas que le cou de son fier coursier, leur disait: «Je vous remercie, mes compatriotes.» Et faisant toujours ainsi, il continuait sa marche.

LA DUCHESSE D'YORK.--Hélas! et le pauvre Richard, que faisait-il alors?

YORK.--Comme dans un théâtre, lorsqu'un acteur favori vient de quitter la scène, les yeux des spectateurs se portent négligemment sur celui qui lui succède, tenant son bavardage pour ennuyeux; ainsi, et avec plus de mépris encore, les yeux du peuple s'arrêtaient d'un air d'aversion sur Richard. Pas un seul n'a crié: Dieu le sauve! Pas une voix joyeuse ne lui a souhaité la bienvenue; mais on répandait la poussière sur sa tête sacrée; et lui la secouait avec une tristesse si douce, une expression si combattue entre les pleurs et le sourire, gages de sa douleur et de sa patience; que si Dieu, pour quelque grand dessein, n'avait pas endurci les coeurs des hommes, ils auraient été forcés de s'attendrir, et la barbarie elle-même eût eu compassion de lui. Mais le ciel a mis la main à ces événements; tranquilles et satisfaits, nous nous soumettrons à sa haute volonté, Notre foi de sujet est maintenant jurée à Bolingbroke dont je reconnais pour toujours la puissance et les droits.

(Entre Aumerle.)

LA DUCHESSE D'YORK.--Voici mon fils Aumerle.

YORK.--Il fut Aumerle jadis, mais il a perdu ce titre pour avoir été l'ami de Richard; et il faut désormais, madame, que vous l'appeliez Rutland. Je suis caution, devant le parlement, de sa fidélité et de sa ferme loyauté envers le nouveau roi.

LA DUCHESSE D'YORK.--Sois le bienvenu, mon fils. Quelles sont les violettes parsemées maintenant sur le sein verdoyant du nouveau printemps?

AUMERLE.--Madame, je l'ignore et ne m'en embarrasse guère. Dieu sait qu'il m'est indifférent d'en être ou de n'en pas être.

YORK.--A la bonne heure; mais comportez-vous bien dans cette saison nouvelle, de peur d'être moissonné avant le temps de la maturité. Que dit-on d'Oxford? Les joutes et les fêtes continuent-elles?

AUMERLE.--Oui, milord, à ce que j'ai ouï dire.

YORK.--Vous y serez, je le sais.

AUMERLE.--Si Dieu ne s'y oppose, c'est mon dessein.

YORK.--Quel est ce sceau qui pend de ton sein [30]?--Eh quoi! tu pâlis? Laisse-moi voir cet écrit.

Note 30: (retour) L'usage était alors, comme on sait, d'apposer aux actes le sceau suspendu par une bande de parchemin.

AUMERLE.--Milord, ce n'est rien.

YORK.--En ce cas, peu importe qu'on le voie. Je veux être satisfait: voyons cet écrit.

AUMERLE.--Je conjure Votre Grâce de m'excuser: c'est un écrit de peu d'importance, que j'ai quelque raison de tenir caché.

YORK.--Et moi, monsieur, que j'ai quelque raison de vouloir connaître. Je crains.... je crains....

LA DUCHESSE D'YORK.--Eh! que pouvez-vous craindre? Ce ne peut être que quelque engagement qu'il aura contracté pour ses parures le jour du triomphe.

YORK.--Quoi! un engagement avec lui-même? Comment aurait-il entre ses mains l'engagement qui le lie? Tu es folle, ma femme.--Jeune homme, fais-moi voir cet écrit.

AUMERLE.--Je vous en conjure, excusez-moi: je ne puis le montrer.

YORK.--Je veux être obéi; je veux le voir, te dis-je. (*Il lui arrache l'écrit et le lit.*)--Trahison! noire trahison!--Déloyal! traître! misérable!

LA DUCHESSE D'YORK.--Qu'est-ce que c'est, milord?

YORK.--Holà! quelqu'un ici. (*Entre un serviteur.*)--Qu'on selle mon cheval.--Le ciel lui fasse miséricorde!--Quelle trahison je découvre ici!

LA DUCHESSE D'YORK.--Comment? qu'est-ce, milord?

YORK.--Donnez-moi mes bottes, vous dis-je. Sellez mon cheval.--Oui, sur mon honneur, sur ma vie, sur ma foi, je vais dénoncer le scélérat!

LA DUCHESSE D'YORK.--Qu'il y a-t-il donc?

YORK.--Taisez-vous, folle que vous êtes.

LA DUCHESSE D'YORK.--Je ne me tairai point.--De quoi s'agit-il, mon fils?

AUMERLE.--Calmez-vous, ma bonne mère: de rien dont ne puisse répondre ma pauvre vie.

LA DUCHESSE D'YORK.--Ta vie en répondre!

(Entre un valet apportant des bottes.)

YORK.--Donne-moi mes bottes. Je veux allez trouver le roi.

LA DUCHESSE D'YORK.--Aumerle, frappe-le.--Pauvre enfant, tu es tout consterné. (*Au valet.*)--Loin d'ici, malheureux! ne reparais jamais en ma présence.

YORK.--Donne-moi mes bottes, te dis-je.

LA DUCHESSE D'YORK.--Quoi donc, York, que veux-tu faire? Quoi! tu ne cacheras pas la faute de ton propre sang? Avons-nous d'autres fils? pouvons-nous en espérer d'autres? le temps n'a-t-il pas épuisé la fécondité de mon sein? Et tu veux enlever à ma vieillesse mon aimable fils, et me dépouiller de l'heureux titre de mère! Ne te ressemble-t-il pas? n'est-il pas à toi?

YORK.--Femme faible et insensée, veux-tu donc celer cette noire conspiration? Ils sont là douze traîtres qui ont ici pris par serment et réciproquement signé l'engagement d'assassiner le roi à Oxford.

LA DUCHESSE D'YORK.--Il n'en sera pas: nous le garderons ici; et alors comment pourra-t-il s'en mêler?

YORK.--Laisse-moi, femme inconsidérée: fût-il vingt fois mon fils, je le dénoncerais.

LA DUCHESSE D'YORK.--Ah! si tu avais poussé pour lui autant de gémissements que moi, tu serais plus pitoyable. Mais je sais maintenant ce que tu penses: tu soupçonnes que j'ai été infidèle à ta couche; et qu'il est un bâtard au lieu d'être ton fils. Ah! cher York, cher époux, n'aie pas cette pensée; il te ressemble autant qu'homme puisse ressembler à un autre; il ne me ressemble pas, ni à personne de ma famille, et pourtant je l'aime.

YORK.--Laisse-moi passer, femme indisciplinée.

(Il sort.)

LA DUCHESSE D'YORK.--Va après lui, Aumerle: monte son cheval; pique, presse, arrive avant lui auprès du roi, et implore ta grâce avant qu'il t'accuse. Je ne tarderai pas à te suivre: quoique vieille, je ne doute pas que je ne puisse galoper aussi vite qu'York. Je ne me relèverai point de terre que Bolingbroke ne t'ait pardonné. Partons. Va-t'en.

(Ils sortent.)

SCÈNE III

La scène est à Windsor.--Un appartement dans le château.

Entrent BOLINGBROKE *en roi,* PERCY *et autres seigneurs.*

BOLINGBROKE.--Personne ne peut-il me donner des nouvelles de mon débauché de fils? Il y a trois mois entiers que je ne l'ai vu. S'il est quelque fléau dont le ciel nous menace, c'est lui. Plût à Dieu, milords, qu'on pût le découvrir! Faites chercher à Londres, dans toutes les tavernes; car on dit qu'il les hante journellement avec des compagnons sans moeurs et sans frein, de ceux-là mêmes, dit-on, qui se tiennent dans des ruelles étroites, où ils battent notre garde et volent les passants! Et lui, jeune étourdi, jeune efféminé, il se fait un point d'honneur de soutenir cette bande dissolue!

PERCY.--Seigneur, il n'y a guère que deux jours que j'ai vu le prince, et je lui ai parlé des tournois qui se tiennent à Oxford.

BOLINGBROKE.--Et qu'a répondit ce galant?

PERCY.--Sa réponse fut qu'il irait dans un mauvais lieu [31], qu'il arracherait à la plus vile des créatures qui s'y trouveraient un de ses gants, qu'il le porterait comme une faveur, et qu'avec ce gage il désarçonnerait le plus robuste agresseur.

Note 31: (retour) ..... *Unto the stews.*

BOLINGBROKE.--Aussi dissolu que téméraire: et cependant, au travers de tout cela, j'entrevois quelques étincelles d'espérance qu'un âge plus mûr pourra peut-être développer heureusement.--Mais qui vient à nous?

(Entre Aumerle.)

AUMERLE.--Où est le roi?

BOLINGBROKE.--Que veut dire notre cousin avec cet air de trouble et d'effroi?

AUMERLE.--Que Dieu garde Votre Grâce! Je conjure Votre Majesté de m'accorder un moment d'entretien, seul avec Votre Grâce.

BOLINGBROKE, *aux lords*.--Retirez-vous, et laissez-nous seuls ici. (*Percy et les lords se retirent.*)--Que nous veut maintenant notre cousin?

AUMERLE, *s'agenouillant*.--Que mes genoux restent pour toujours attachés à la terre, et ma langue fixée dans ma bouche à mon palais, si vous ne me pardonnez avant que je me relève ou que je parle.

BOLINGBROKE.--La faute n'est-elle que dans l'intention, ou déjà commise? Dans le premier cas, quelque odieuse qu'elle puisse être, pour gagner ton amitié à l'avenir, je te pardonne.

AUMERLE.--Permettez-moi donc de tourner la clef, afin que personne n'entre jusqu'à ce que je vous aie tout dit.

BOLINGBROKE.--Fais ce que tu voudras.

(Aumerle ferme la porte.)

YORK, *en dehors*.--Prends garde, mon souverain; veille à ta sûreté; tu as un traître en ta présence.

BOLINGBROKE, *tirant son épée*.--Scélérat! je vais m'assurer de toi.

AUMERLE.--Retiens ta main vengeresse; tu n'as aucun sujet de craindre.

YORK, *en dehors*.--Ouvre la porte; prends garde, roi follement téméraire. Ne pourrai-je, au nom de mon attachement, accuser devant toi la trahison? Ouvre la porte, ou je vais la briser.

(Bolingbroke ouvre la porte.)

(Entre York.)

BOLINGBROKE.--Qu'y a-t-il, mon oncle? parlez. Reprenez haleine; dites-nous si le danger presse, afin que nous nous armions pour le repousser.

YORK.--Parcours cet écrit, et tu connaîtras la trahison que ma course rapide m'empêche de te développer.

AUMERLE.--Souviens-toi, en lisant, de ta parole donnée. Je suis repentant: ne lis plus mon nom dans cette liste; mon coeur n'est point complice de ma main.

YORK.--Traître, il l'était avant que ta main eût signé.--Roi, je l'ai arraché du sein de ce traître: c'est la crainte et non l'amour qui engendre son repentir. Oublie ta pitié pour lui, de peur que ta pitié ne devienne un serpent qui te percera le coeur.

BOLINGBROKE.--O conspiration odieuse, menaçante et audacieuse! O père loyal d'un fils perfide! O toi, source argentée, pure et immaculée, d'où ce ruisseau a pris son cours à travers des passages fangeux qui l'ont sali; comme le surcroît de ta bonté s'est en lui changé en méchanceté, de même cette bonté surabondante excusera la faute mortelle de ton coupable fils.

YORK.--Ainsi ma vertu servira d'entremetteur à ses vices [32]; il dépensera mon honneur à réparer sa honte, comme ces fils prodigues qui dépensent l'or amassé par leurs pères. Pour que mon honneur vive, il faut que son déshonneur périsse; ou bien son déshonneur va couvrir ma vie d'infamie. Tu me tues en lui permettant de vivre: si tu lui laisses le jour, le traître vit et tu mets à mort le sujet fidèle.

Note 32: (retour) *So shall my virtue be his vice's bawd.*

LA DUCHESSE D'YORK, *en dehors.*--De grâce, mon souverain, pour l'amour de Dieu, laisse-moi entrer.

BOLINGBROKE.--Quelle suppliante à la voix grêle pousse ces cris empressés?

LA DUCHESSE D'YORK.--Une femme, ta tante, grand roi. C'est moi, écoute-moi, aie pitié de moi; ouvre la porte: c'est une mendiante qui mendie sans avoir jamais mendié [33], moi qui ne demandai jamais.

Note 33: (retour) *A beggar begs, that never begg'd before.*

C'est sur ce mot *beggar* que porte la plaisanterie de Bolingbroke.

> *Our scene is alter'd from a serious thing,*
>
> *And now chang'd to the Beggar and the king.*

The beggar était, comme on l'a déjà fait voir dans les notes de *Roméo et Juliette*, une ballade alors très-connue.

BOLINGBROKE.--Voilà notre scène changée: nous passons d'une chose sérieuse à *la mendiante avec le roi.*--Mon dangereux cousin, faites entrer votre mère: je vois bien qu'elle vient intercéder pour votre odieux forfait.

YORK.--Si tu lui pardonnes, qui que ce soit qui te prie, ce pardon pourra faire germer d'autres crimes. Retranche ce membre corrompu, et tous les autres restent sains. Si tu l'épargnes, il corrompra tout le reste.

(Entre la duchesse d'York.)

LA DUCHESSE D'YORK.--O roi! ne crois pas cet homme au coeur dur: celui qui ne s'aime pas lui-même ne peut aimer personne.

YORK.--Femme extravagante, que fais-tu ici? Ton sein flétri veut-il une seconde fois nourrir un traître?

LA DUCHESSE D'YORK.--Cher York, calmez-vous.--Mon gracieux souverain, écoutez-moi.

(Elle se met à genoux.)

BOLINGBROKE.--Levez-vous, ma bonne tante.

LA DUCHESSE D'YORK.--Non, pas encore, je t'en conjure: je resterai prosternée sur mes genoux, et jamais je ne reverrai le jour que voient les heureux, que tu ne m'aies rendue à la joie, que tu ne m'aies dit de me réjouir en pardonnant à Rutland, à mon coupable enfant.

AUMERLE, *se mettant à genoux.*--Et moi je courbe les genoux pour m'unir aux prières de ma mère.

YORK, *se mettant à genoux.*--Et moi je courbe mes genoux fidèles pour prier contre tous les deux. Si tu accordes la moindre grâce, puisse-t-il t'en mal arriver!

LA DUCHESSE D'YORK.--Ah! croyez-vous qu'il parle sérieusement? Voyez son visage: ses yeux ne versent point de larmes, sa prière n'est qu'un jeu, ses paroles ne viennent que de sa bouche, les nôtres viennent du coeur: il ne vous prie que faiblement, et désire qu'on le refuse; mais nous, nous vous prions du coeur, de l'âme, de tout le reste: ses genoux fatigués se lèveraient avec joie, je le sais; et les nôtres resteront agenouillés jusqu'à ce qu'ils s'unissent à terre. Ses prières sont remplies d'une menteuse hypocrisie; les nôtres sont pleines d'un vrai zèle et d'une intégrité profonde. Nos prières surpassent les siennes: qu'elles obtiennent donc cette miséricorde due aux prières véritables.

BOLINGBROKE.--Ma bonne tante, levez-vous.

LA DUCHESSE D'YORK.--Ne me dis point *levez-vous*, mais d'abord *je pardonne*; et tu diras ensuite *levez-vous*. Ah! si j'avais été ta nourrice et chargée de t'apprendre à parler, *je pardonne* eut été pour toi le premier mot de la langue. Jamais je n'ai tant désiré entendre un mot. Roi, dis: *Je pardonne*; que la pitié t'enseigne à le prononcer. Le mot est court, mais moins court qu'il n'est doux: il n'en est point qui convienne mieux à la bouche des rois que: *je pardonne*.

YORK.--Parle-leur français, roi; dis-leur: *Pardonnez-moi* [34].

Note 34: (retour) *Speak in French, king; say*--pardonnez-moi.

Shakspeare en veut beaucoup au *pardonnez-moi*. Il paraît que de son temps l'usage continuel et abusif de cette expression était le signe caractéristique de l'affectation des manières françaises. Mais la plaisanterie est ici d'autant plus mal placée, que cette manière de s'excuser n'a rien de particulier au français: *pardon me* est continuellement employé dans ce même sens par Shakspeare, pas plus loin que dans la scène précédente, où Aumerle refuse de donner à son père le papier qu'il lui demande.

LA DUCHESSE D'YORK.--Dois-tu enseigner au pardon à détruire le pardon? Ah! mon cruel mari, mon seigneur au coeur dur qui emploie ce mot contre lui-même, prononce le pardon commun qui est d'usage dans notre pays; nous ne comprenons pas ce jargon français. Tes yeux commencent à parler; que ta langue s'y joigne, ou bien place ton oreille dans ton coeur compatissant, afin qu'il entende le son pénétrant de nos plaintes et de nos prières, et que la pitié t'excite à proférer le pardon.

BOLINGBROKE.--Ma bonne tante, levez-vous.

LA DUCHESSE D'YORK.--Je ne demande point à me relever: la grâce que je sollicite, c'est que tu pardonnes.

BOLINGBROKE.--Je lui pardonne, comme je désire que Dieu me pardonne.

LA DUCHESSE D'YORK.--O heureuse victoire d'un genou suppliant! Et pourtant je suis malade de crainte; répète-le: prononcer deux fois le pardon, ce n'est pas pardonner deux fois, mais c'est fortifier un pardon.

BOLINGBROKE.--Je lui pardonne de tout mon coeur.

LA DUCHESSE D'YORK.--Tu es un dieu sur la terre.

BOLINGBROKE.--Mais pour notre loyal beau-frère et l'abbé, et tout le reste de cette bande de conspirateurs, la destruction va leur courir sur les talons.--Mon bon oncle, chargez-vous d'envoyer plusieurs détachements à Oxford, ou en quelque autre lieu que se trouvent ces traîtres: ils ne demeureront pas en ce monde, je le jure; mais je les aurai si je sais une fois où ils sont. Mon oncle, adieu.--Et vous aussi, cousin, adieu. Votre mère a su prier pour vous; devenez fidèle.

LA DUCHESSE D'YORK.--Viens, mon vieux fils, je prie Dieu de faire de toi un nouvel homme.

(Ils sortent.)

SCÈNE IV

Entrent EXTON et UN SERVITEUR.

EXTON.--N'as-tu pas remarqué ce que le roi a dit? «N'ai-je point un ami qui me délivre de cette crainte toujours vivante?» N'est-ce pas cela?

LE SERVITEUR.--Ce sont ses propres paroles.

EXTON.--«N'ai-je point un ami?» a-t-il dit. Il l'a répété deux fois, et les deux fois il a répété les deux choses ensemble, n'est-il pas vrai?

LE SERVITEUR.--Il est vrai.

EXTON.--Et en disant ces mots, il me regardait fixement, comme s'il voulait dire: «Je voudrais bien que tu fusses l'homme capable de délivrer mon âme de cette terreur,» voulant dire le roi qui est à Pomfret.--Viens, allons-y: je suis l'ami du roi, et je le débarrasserai de son ennemi.

(Ils sortent.)

SCÈNE V

Pomfret.--La prison du château.

RICHARD *seul.*

Je me suis occupé à étudier comment je pourrais comparer cette prison, où je vis, avec le monde; mais comme le monde est peuplé d'hommes, et qu'ici il n'y a pas une créature excepté moi, je ne puis y réussir.--Cependant il faut que j'en vienne à bout. Ma cervelle deviendra la femelle de mon âme; mon âme sera le père: à eux deux ils engendreront une génération d'idées sans cesse productives, et toutes ces idées peupleront ce petit monde, et le peupleront d'inconséquences, comme en est peuplé l'univers; car il n'est point de pensée qui se satisfasse. Dans la meilleure espèce de toutes, les pensées des choses divines, il se rencontre des embarras, et elles mettent la parole en opposition avec la parole; comme: *venez à moi, petits; et ailleurs: il est aussi difficile de venir qu'il l'est à un chameau d'enfiler l'entrée du trou d'une aiguille* [35]. Les pensées ambitieuses cherchent à combiner des prodiges invraisemblables, comme de parvenir, avec ces mauvais petits clous, à ouvrir un passage à travers les flancs pierreux de ce monde si dur, des murs rocailleux de ma prison; et comme elles ne peuvent réussir, elles meurent de leur propre orgueil. Les pensées qui s'attachent au contentement flattent l'homme de cette considération qu'il n'est pas le premier esclave de la fortune, et qu'il ne sera pas le dernier; comme ces misérables mendiants qui, assis dans les ceps, cherchent pour refuge contre la honte la pensée que d'autres s'y sont assis, et que bien d'autres encore s'y assiéront, et trouvent dans cette pensée une espèce d'aisance, portant ainsi leur opprobre sur le dos de ceux qui avant eux en ont subi un semblable. De cette manière je représente à moi seul bien des personnages dont aucun n'est content. Quelquefois je suis le roi; et alors la trahison me fait souhaiter d'être un mendiant, et je me fais mendiant. Mais alors l'accablante indigence me persuade que j'étais mieux quand j'étais roi, et je redeviens roi. Mais peu à peu je viens à songer que je suis détrôné par Bolingbroke, et aussitôt je ne suis plus rien. Mais, quoi que je sois, ni moi, ni aucun homme, n'étant qu'un homme, ne sera jamais satisfait de rien, jusqu'à ce qu'il soit soulagé en n'étant plus rien. (*On entend de la musique.*)--Est-ce de la musique que j'entends?--La, la.... en mesure.--Que la musique la plus mélodieuse est désagréable dès que la mesure est rompue et que les temps ne sont pas observés! C'est la même chose dans la musique de la vie humaine. Moi dont l'oreille est assez délicate pour reprendre une fausse mesure dans un instrument mal conduit, je n'ai pas eu assez d'oreille pour m'apercevoir que la mesure qui devait entretenir l'accord entre ma puissance et mon temps était rompue: j'abusais du temps, et à présent le temps abuse de moi, car il a fait de moi l'horloge qui marque les heures: mes pensées sont les minutes, et avec des soupirs elles frappent l'heure devant mes yeux, montre extérieure à laquelle mon doigt, comme l'aiguille d'un cadran, pointe toujours en essuyant leurs larmes: et maintenant, monsieur, le son qui m'apprend quelle heure il est n'est autre que celui de mes bruyants gémissements lorsqu'ils frappent sur mon coeur, qui est la cloche. Ainsi, les soupirs, les larmes et les gémissements marquent les minutes, les temps et les heures: mais mon temps s'enfuit rapidement dans la joie orgueilleuse de Bolingbroke; tandis que je suis debout ici comme un insensé, son jacquemard d'horloge [36].--Cette musique me rend furieux; qu'elle cesse. Si quelquefois elle rappela des fous à la raison, il me semble qu'en moi elle la ferait perdre à l'homme sage; et cependant béni soit le coeur qui m'en fait don! car c'est une marque d'amitié; et de l'amitié pour Richard est un étrange joyau dans ce monde, où tous me haïssent.

Note 35: (retour) C'est ainsi qu'est rendu ce passage dans les anciennes versions des livres saints. Les versions modernes lisant [Greek: chamilos] au lieu de [Greek: chamêlos] disent un *câble* au lieu d'*un chameau*, ce qui paraît beaucoup plus vraisemblable.

Note 36: (retour) *Jack of the clock.* Jacquemard, espèce de figure en bois placée encore sur certaines anciennes horloges pour indiquer les heures.

(Entre un valet d'écurie.)

LE VALET.--Salut, royal prince.

RICHARD.--Je te remercie, mon noble pair; le meilleur marché de nous deux est de dix sous [37] trop cher.--Qui es-tu? et comment es-tu entré ici, où n'entre jamais personne que ce mauvais chien qui m'apporte ma nourriture pour prolonger la vie du malheur?

Note 37: (retour) *Ten groats.* Le *groat* vaut quatre *pence*, c'est-à-dire huit sous; ainsi, *ten groats* donneraient une valeur de *quatre francs.* Mais comme *groat* est aussi le mot dont on se sert pour exprimer une chose de peu de valeur, une extrêmement petite somme; à peu près comme nous employons le mot *liard*, on a cru conserver mieux l'esprit de cette phrase en traduisant *ten groats* par *dix sous*, qu'en exprimant leur valeur réelle.

LE VALET.--J'étais un pauvre valet de tes écuries, roi, lorsque tu étais roi; et voyageant vers York, j'ai, avec beaucoup de peine, obtenu à la fin la permission de revoir le visage de celui qui fut autrefois mon maître. Oh! comme mon coeur a été navré lorsque j'ai vu dans les rues de Londres, le jour du couronnement, Bolingbroke monté sur ton cheval rouan Barbary, ce cheval que tu as monté si souvent, ce cheval que je pansais avec tant de soin!

RICHARD.--Il montait Barbary! Dis-moi, mon ami, comment allait-il sous lui?

LE VALET.--Avec tant de fierté qu'il semblait dédaigner la terre.

RICHARD.--Si fier de porter Bolingbroke! Et cette rosse mangeait du pain dans ma main royale, et il était fier quand il sentait ma main le caresser! Ne devait-il pas broncher? ne devait-il pas tomber (puisqu'il faut que l'orgueil tombe tôt ou tard) et rompre le cou à l'orgueilleux qui usurpait ma place sur son dos?--Pardonne-moi, mon cheval; pourquoi te ferais-je des reproches, puisque tu as été créé pour être soumis à l'homme, et que tu es né pour porter? Moi, qui n'ai pas été créé cheval, je porte mon fardeau comme un âne blessé de l'éperon et harassé par les caprices de Bolingbroke.

(Entre le geôlier avec un plat.)

LE GEOLIER, *au valet.*--Allons, videz les lieux; il n'y a pas à rester ici plus longtemps.

RICHARD.--Si tu m'aimes, il est temps que tu te retires.

LE VALET.--Ce que ma langue n'ose exprimer, mon coeur vous le dit.

(Il sort.)

LE GEOLIER.--Seigneur, vous plaît-il de commencer?

RICHARD.--Goûte le premier, suivant ta coutume.

LE GEOLIER.--Seigneur, je n'ose: sir Pierce d'Exton, qui vient d'arriver de la part du roi, me commande le contraire.

RICHARD.--Le diable emporte Henri de Lancastre et toi! La patience est usée, et j'en suis las.

(Il frappe le geôlier.)

LE GEOLIER.--Au secours, au secours, au secours!

(Entrent Exton et plusieurs serviteurs armés.)

RICHARD.--Qu'est-ce que c'est? à qui en veut la mort dans cette brusque attaqué?--Scélérat! (*Il arrache à un soldat l'arme qu'il porte et le tue.*) Ta propre main me cède l'instrument de ta mort.--Et toi, va remplir une autre place dans les enfers. (*Il en tue encore un autre.--Alors Exton le frappe et le renverse.*) La main sacrilège qui me poignarde brûlera dans des flammes qui ne s'éteindront jamais.--Exton, ta main féroce a souillé du sang de ton roi le royaume du roi.--Monte, monte, mon âme, ton trône est là-haut; tandis que ce corps charnel tombe sur la terre pour y mourir.

(Il meurt.)

EXTON.--Il était aussi plein de valeur que de sang royal: j'ai répandu l'un et l'autre.--Oh! plût au ciel que cette action fût innocente! Le démon, qui m'avait dit que je faisais bien, me dit à présent que cette action est inscrite dans l'enfer. Je veux aller porter ce roi mort au roi vivant.--Qu'on emporte les autres, et qu'on leur donne ici la sépulture.

(Ils sortent.)

SCÈNE VI

Windsor.--Un appartement dans le château.

Fanfares.--Entrent BOLINGBROKE et YORK, *avec d'autres lords; suite.*

BOLINGBROKE.--Mon cher oncle York, les dernières nouvelles que nous avons reçues sont que les rebelles ont brûlé notre ville de Chichester, dans le comté de Glocester; mais on ne nous dit pas s'ils ont été pris ou tués. (*Entre Northumberland.*)--Soyez-le bienvenu, milord. Quelles nouvelles?

NORTHUMBERLAND.--D'abord, je souhaite toute sorte de bonheur à Votre Majesté sacrée; ensuite les autres nouvelles sont, que j'ai envoyé à Londres la tête de Salisbury, de Spencer, de Blunt et de Kent. Vous trouverez dans cet écrit tous les détails sur la manière dont ils ont été pris.

(Il lui présente l'écrit.)

BOLINGBROKE, *après avoir lu.*--Nous te remercions, mon bon Percy, de tes services; et nous ajouterons à ton mérite des récompenses dignes de toi.

(Entre Fitzwater.)

FITZWATER.--Seigneur, je viens d'envoyer d'Oxford à Londres les têtes de Brocas et de sir Bennet Seely, deux de ces dangereux et perfides conspirateurs qui cherchaient à Oxford ta funeste perte.

BOLINGBROKE.--Ces services, Fitzwater, ne seront pas oubliés. Ton mérite est grand, je le sais bien.

(Entre Percy amenant l'évêque de Carlisle.)

PERCY.--Le grand conspirateur, l'abbé de Westminster, accablé par sa conscience et par une noire mélancolie, a cédé son corps au tombeau. Mais voici l'évêque de Carlisle vivant, pour subir ton royal arrêt et la sentence due à son orgueil.

BOLINGBROKE.--Carlisle, voici votre arrêt:--Choisis quelque asile solitaire, plus grave que celui que tu occupes, et conserves-y la vie: si tu y vis tranquille, tu y mourras libre de toute persécution. Tu fus toujours mon ennemi, mais j'ai vu en toi de nobles étincelles d'honneur.

(Entre Exton suivi d'hommes portant un cercueil.)

EXTON.--Grand roi! dans ce cercueil je t'offre tes craintes ensevelies. Ici gît sans vie le plus redoutable de tes plus grands ennemis, Richard de Bordeaux, apporté ici par moi.

BOLINGBROKE.--Exton, je ne te remercie pas.--Ta main fatale a commis une action qui retombera sur ma tête et sur cet illustre pays.

EXTON.--C'est d'après vos propres paroles, seigneur, que j'ai fait cette action.

BOLINGBROKE.--Ceux qui ont besoin du poison n'aiment pas pour cela le poison; et je ne t'aime pas non plus. Bien que je l'aie souhaité mort, je hais l'assassin tout en l'aimant assassiné. Prends pour ta peine les remords de ta conscience; mais n'espère ni une bonne parole, ni la faveur de ton prince. Va, comme Caïn, errer dans les ombres de la nuit, et ne montre jamais ta tête au jour, ni à la lumière.--Seigneurs, je proteste que mon âme est pleine de tristesse, qu'il faille ainsi m'arroser de sang pour me faire prospérer. Venez gémir avec moi sur ce que je déplore, et qu'on prenne à l'instant un deuil profond.--Je ferai un voyage à la terre sainte pour laver de ce sang ma main coupable. Suivez-moi à pas lents, et honorez ma tristesse en accompagnant de vos pleurs cette bière remplie avant le temps.

(Ils sortent.)

FIN DU CINQUIÈME ET DERNIER ACTE.

Milton Keynes UK
Ingram Content Group UK Ltd.
UKHW011104080324
439029UK00005B/429